AMOR POR ANEXINS
&
A CAPITAL FEDERAL

Produção editorial	carochinha editorial
Projeto gráfico	Naiara Raggiotti
Bagagem de informações	Débora A. Teodoro, Rogério Cantelli e Tatiane Godoy
Ilustrações	Kris Barz
Diagramação	Rogério Cantelli
Preparação de texto	Marina Munhoz, Nara Raggiotti e Rayssa Ávila do Valle
Revisão	Alícia Toffani, Débora A. Teodoro e Rayssa Ávila do Valle
Capa	Mayara Menezes do Moinho

Todos os direitos reservados
© 2013 Editora Melhoramentos Ltda.

Obra conforme o Acordo Ortográfico
da Língua Portuguesa

Editora Melhoramentos

Azevedo, Artur
　　Amor por anexins & A Capital Federal / Artur Azevedo; [ilustrações de Kris Barz]. São Paulo: Editora Melhoramentos, 2013.

　　ISBN 978-85-06-07107-6

　　Literatura brasileira - Teatro.　I. Amor por anexins.　II. A Capital Federal.
III. Barz, Kris.

13/194　　　　　　　　　　　　　　　　　　　　　　　　　　CDD-869B

Índices para catálogo sistemático:
1. Literatura brasileira　869B
2. Literatura brasileira Teatro　869.2B

1.ª edição, julho de 2013
ISBN: 978-85-06-07107-6

Atendimento ao consumidor:
Editora Melhoramentos Ltda.
Caixa Postal 11541 CEP 05049-970
São Paulo SP Brasil
Tel.: (11) 3874-0880
www.editoramelhoramentos.com.br
sac@melhoramentos.com.br

Impresso no Brasil

ARTUR AZEVEDO

AMOR POR ANEXINS
&
A CAPITAL FEDERAL

Amor por anexins 7

A Capital Federal   35

Ato I   37

Ato II   100

Ato III   158

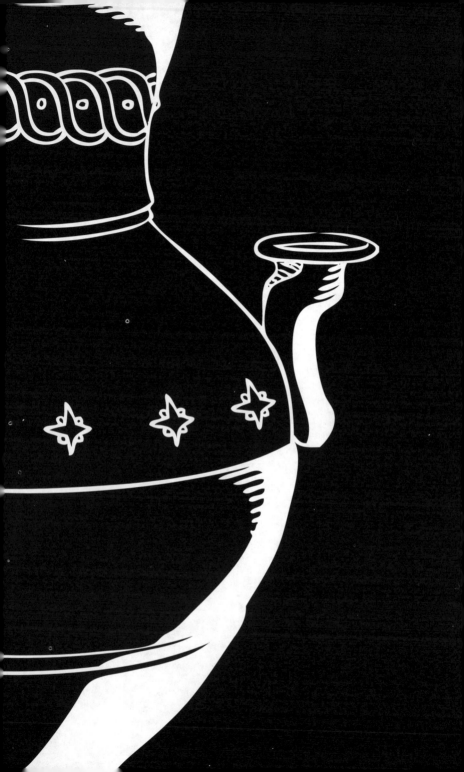

Amor por anexins

ENTREATO CÔMICO

Esta farsa, entremez, entreato, ou que melhor nome tenha em juízo, o meu primeiro trabalho teatral, foi escrita há mais de sete anos, no Maranhão, para as meninas Riosa, que a representaram em quase todo o Brasil e até em Portugal. Pô-la em música, e em boa música, Leocádio Raiol; mas ultimamente representaram-na sem ela Helena Cavalier e Silva Pereira: desencaminhara-se a partitura. Tem agora nova música, e não inferior, de Carlos Cavalier.

A. A.

PERSONAGENS

Isaías (solteirão)
Inês (viúva)
Um carteiro

ATO ÚNICO

A cena passa-se no Rio de Janeiro. Época: atualidade.

(*Sala simples, janela à esquerda, portas ao fundo e à direita. Mesa à esquerda com preparos de costura. Num dos cantos da sala uma talha d'água. Cadeiras.*)

Cena I (*Inês*)

Inês (*Cose sentada à mesa, e olha para a rua, pela janela.*) Lá está parado à esquina o homem dos anexins! Não há meio de ver-me livre de semelhante cáustico! Ora eu, uma viúva, e, de mais a mais com promessa de casamento, havia de aceitar para marido aquele velho! Não vê! E ninguém o tira dali! Isto até dá que falar à vizinhança... (*Desce à boca de cena.*)

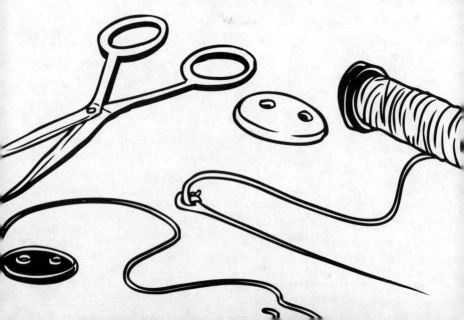

Copla
Eu que, por gosto, perdido
Tenho casamentos mil,
Com mais de um belo marido,
Garboso, rico e gentil,
De um velho agora a proposta,
Meu Deus! Devia aceitar?
Demais um velho que gosta
De assim tão jarreta andar!
  Nada! Nada!
  Não me agrada!
Quero um marido melhor!
É bem mau não ser casada,
Mas mal casada é pior.

Ainda hoje escreveu-me uma cartinha, a terceira em que me fala de amor, e a segunda em que me pede em casamento. (*Tira uma carta da algibeira.*) Ela aqui está. (*Lê.*) "Minha bela senhora. Estimo que estas duas regras vão encontrá-la no gozo da mais perfeita saúde. Eu vou indo como Deus é servido. Antes assim que amortalhado. Venho pedi-la em casamento pela segunda vez. Ruim é quem em ruim conta se tem, e eu que não me tenho nessa conta. Jamais senti por outra o que sinto pela senhora; mas uma vez é a primeira." (*Declamando.*) Que enfiada de anexins! Pois é o mesmo homem a falar! (*Continua a ler.*) "Tenho uns cobres a render; são poucos,

é verdade, mas de hora em hora Deus melhora, e mais tem Deus para dar do que o diabo para levar. Não devo nada a ninguém, e quem não deve não teme. Tenho boa casa e boa mesa, e onde come um comem dois. Irei saber da resposta hoje mesmo. Todo seu, Isaías." (*Guardando a carta.*) Está bem aviado, senhor Isaías! Vou às compras; é um excelente meio de me ver livre de vossemecê e de seus anexins. Vou preparar-me. (*Sai pela porta da direita. Pausa.*)

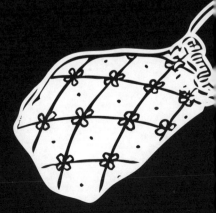

Cena II (Isaías)

Isaías

(*Deita com precaução a cabeça pela porta do fundo.*) Porta aberta, o justo peca. (*Avançando na ponta dos pés.*) A ocasião faz o ladrão. Preciso estudar o gênio desta mulher: antes que cases, olha o que fazes. Dois gênios iguais não fazem liga; se a pequena não me sai ao pintar, para cá vem de carrinho. É preciso olhar para o futuro: quem para adiante não olha atrás fica; quem cospe para o ar cai-lhe na cara, e quem boa cama faz nela se deita. Resolvi casar--me, mas bem sei que casar não é casaca. Alguém dirá que resolvi um pouco tarde, porém, mais vale tarde que nunca. Deus ajuda a quem madruga, é verdade; mas nem por muito madrugar se amanhece mais cedo. Procurei uma mulher como quem procura ouro. Infeliz até ali! Vi-as a dar com um pau: bonitas, que era um louvar a Deus de gatinhas; mas... Nem tudo o que luz é ouro; feias também que era um Deus nos acuda; mas muitas vezes donde não se espera daí é que vem. Quem porfia mata caça dizia com meus botões, e não foi nada, que enquanto o diabo esfrega um olho, cá a dona encheu-me... o olho. Pois olhem que não

me passou camarão pela malha... Esta é viúva e costureira... Estou pelo beicinho, e creio que estou servido. Quem já deu não tem para dar, é certo; mas, ora adeus! Quem muito quer muito perde. Já tomei informações a seu respeito: foram as melhores possíveis; mas como o saber não ocupa lugar, e mais vale um tolo no seu que um avisado no alheio, observei-a. Eu sou como São Tomé: ver para crer. Vi-a andar sempre sozinha... E nada de pândegas! Dize-me com quem andas, dir-te-ei as manhas que tens. (*Examinando a casa.*) Boa dona de casa parece ser! Asseio e simplicidade. Pelo dedo se conhece o gigante. Há de ser o que Deus quiser: o casamento e a mortalha no céu se talham. (*Reparando.*) Ai, que ela aí vem! (*Perfilando-se.*) Coragem, Isaías! Lembra-te de que um homem... (*atrapalhando-se*) é um gato e um bicho é um homem! Disse asneira.

Cena III (Isaías e Inês)

Inês (*Vem pronta para sair, ao ver Isaías assusta-se e quer fugir.*) Ai!

Isaías (*Embargando-lhe a passagem.*) Ninguém deve correr sem ver de quê.

Inês Que quer o senhor aqui?

Isaías Vim em pessoa saber da resposta de minha carta: quem quer vai e quem não quer manda; quem nunca arriscou nunca perdeu nem ganhou; cautela e caldo de galinha...

Inês (*Interrompendo-o.*) Não tenho resposta alguma que dar! Saia, senhor!

Isaías Não há carta sem resposta...

Inês (*Correndo à talha e trazendo um púcaro cheio d'água.*) Saia, quando não...

Isaías (*Impassível.*) Se me molhar, mais tempo passarei a seu lado; não hei de sair molhado à rua. Eh! Eh! Foi buscar lã e saiu tosquiada!...

Inês Eu grito!

Isaías Não faça tal! Não seja tola, que quem o é para si, pede a Deus que o mate e ao diabo que o carregue! Não exponha a sua boa reputação! Veja que sou um rapaz; a um rapaz nada fica mal...

Inês	O senhor, um rapaz?! O senhor é um ve-lho muito idiota e muito impertinente!
Isaías	O diabo não é tão feio como se pinta...
Inês	É feio, é!...
Isaías	Quem o feio ama bonito lhe parece.
Inês	Amá-lo eu?! Nunca!...
Isaías	Ninguém diga: desta água não beberei...
Inês	É abominável! Irra!
Isaías	Água mole em pedra dura, tanto dá...
Inês	Repugnante!
Isaías	Quem espera sempre alcança.
Inês	Desengane-se!
Isaías	O futuro a Deus pertence!
Inês	Há alguém que me estima deveras...
Isaías	Esse alguém (*naturalmente*) sou eu.
Inês	Isso era o que faltava! (*Suspirando.*) Esse alguém...
Isaías	Quem conta um conto, acrescenta um ponto...
Inês	Esse alguém é um moço tão bonito... de tão boas qualidades...
Isaías	Quem elogia a noiva...
Inês	O senhor forma com ele um verdadei-ro contraste.
Isaías	Quem desdenha quer comprar...
Inês	Comprar! Um homem tão feio!...
Isaías	Feio no corpo, bonito na alma.
Inês	(*Sentando-se.*) Deus me livre de seme-lhante marido!
Isaías	Presunção e água benta cada qual toma a que quer... (*Senta-se também.*)

Inês	(*Erguendo-se.*) Ah, o senhor senta-se? Dispõe-se a ficar! Meu Deus, isto foi um mal que me entrou pela porta!
Isaías	(*Sempre impassível.*) Há males que vêm para bem.
Inês	Temo-la travada.
Isaías	Venha sentar-se a meu lado. (*Vendo que Inês senta-se longe dele.*) Se não quiser, vou eu... (*Dispõe-se a aproximar a cadeira.*)
Inês	Pois sim! Não se incomode! (*Faz-lhe a vontade.*) Não há remédio!
Isaías	(*Chegando mais a cadeira.*) O que não tem remédio remediado está.
Inês	(*Afastando a sua.*) O que mais deseja?
Isaías	Diga-me cá: o seu noivo?... (*Faz-lhe uma cara.*)
Inês	Não entendo.
Isaías	Para bom entendedor meia palavra basta...
Inês	Mas o senhor nem meia palavra disse!
Isaías	Pergunto se... fala francês...
Inês	Como?
Isaías	Ora bolas! Quem é surdo não conversa!
Inês	Mas a que vem essa pergunta?
Isaías	(*Naturalmente.*) Quem pergunta quer saber.
Inês	Ora!
Isaías	(*Sentencioso.*) Dois sacos vazios não se podem ter de pé.
Inês	Essa teoria parece-se muito com o senhor.

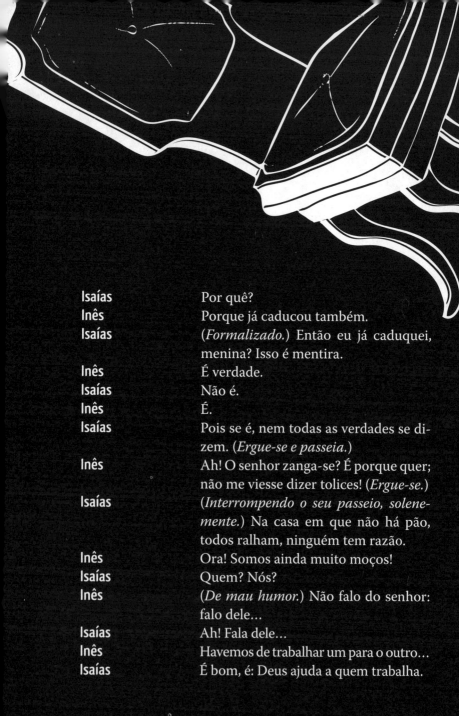

Isaías	Por quê?
Inês	Porque já caducou também.
Isaías	(*Formalizado.*) Então eu já caduquei, menina? Isso é mentira.
Inês	É verdade.
Isaías	Não é.
Inês	É.
Isaías	Pois se é, nem todas as verdades se dizem. (*Ergue-se e passeia.*)
Inês	Ah! O senhor zanga-se? É porque quer; não me viesse dizer tolices! (*Ergue-se.*)
Isaías	(*Interrompendo o seu passeio, solenemente.*) Na casa em que não há pão, todos ralham, ninguém tem razão.
Inês	Ora! Somos ainda muito moços!
Isaías	Quem? Nós?
Inês	(*De mau humor.*) Não falo do senhor: falo dele...
Isaías	Ah! Fala dele...
Inês	Havemos de trabalhar um para o outro...
Isaías	É bom, é: Deus ajuda a quem trabalha.

Inês   Canto
Sem desgosto viveremos,
Seremos ricos, talvez;
Muitos morgados teremos...

Isaías   (*Zangado.*) *Mas um só de cada vez...*
A faceira
Talvez convidar-me queira
Para padrinho de algum!

Inês   E não suponha que, apesar de pobre, não me faça bonitos presentes o meu noivo.

Isaías   É! Quem cabras não tem e cabritos...

Inês   Insulta-o?

Isaías   Cão danado, todos a ele! Pois eu havia de insultá-lo, senhora?

Inês   Se estivesse calado...

Isaías   Sim, senhora: em boca fechada não entram mosquitos... Mas é que o seu futurozinho me interessa...

Inês   Muito obrigada. (*Senta-se.*)

Isaías   Não há de quê. Se bem que eu não seja nenhum Matusalém, estou no caso de lhe dar conselhos. Ouça-me: quem me avisa meu amigo é; quem à boa árvore se chega, boa sombra o cobre.

Inês	Mesmo por já estar no caso de me dar conselhos, é que o não quero para marido.
Isaías	Se eu fosse jovem, não me havia de aceitar, por estar no caso de os receber. Preso por ter cão e preso por não ter!...
Inês	Não desejo enviuvar de novo...
Isaías	Vaso ruim não quebra...
Inês	Desengana-se, senhor: não são os seus ditados que me hão de fazer mudar de resolução! (*Passeia.*) Oh!
Isaías	(*Acompanhando-a.*) Talvez façam, talvez!... Devagar se vai ao longe... Muito tolo é quem se cansa... (*Inês volta-se, param defronte um do outro.*) Menina, antes só do que mal acompanhado... Olhe que o pior cego é aquele que não quer ver...
Inês	(*À parte.*) Vou pregar-lhe uma peta. (*Alto.*) Mas se me faltasse esse noivo, outros rapazes há que me têm feito pé-de-alferes.
Isaías	Águas passadas não movem moinhos!
Inês	E entre eles...
Isaías	O passado, passado!
Inês	Não me interrompa!... E entre eles há um ricaço que em outro tempo...
Isaías	O tempo que vai não volta!
Inês	Não me interrompa, já disse! E entre eles há um ricaço que noutro tempo se esqueceu da promessa...

Isaías	O prometido é devido!
Inês	Ai, mau!... Se esqueceu da promessa que me havia feito; mas que está outra vez pelo beicinho...
Isaías	Cesteiro que faz um cesto faz um cento... (*Movimento de Inês. Com força.*) Se tiver verga e tempo! E quem é esse... ricaço?
Inês	É segredo.
Isaías	Segredo em boca de mulher é manteiga em nariz... (*a um gesto de Inês*) de homem! Mas faz bem, faz bem: o segredo é a alma do negócio...
Inês	O senhor tem na cabeça um moinho de adágios! Passa!...
Isaías	O que abunda não prejudica.
Inês	Bem! Para maçadas basta. Mude-se!
Isaías	Os incomodados é que se mudam.
Inês	Mas eu estou em minha casa, senhor!
Isaías	Descobriu mel de pau!
Inês	Irra! Que homem sem-vergonha!
Isaías	(*Examinando cinicamente a costura.*) Quem não tem vergonha todo o mundo é seu.
Inês	Se o meu noivo o visse aqui! Ele, que jurou dar cabo do primeiro rival que...
Isaías	Cão que ladra não morde... E eu sou homem!... Tenho força... E contra a força não há resistência!...
Inês	(*Irônica.*) Ora, por quem é, não faça mal ao pobre moço, sim?

Isaías	Faço!... Quem o seu inimigo poupa às mãos lhe morre. Julga que não estou falando sério? Uma coisa é ver e outra...
Inês	(*No mesmo.*) Ora não faça tal.
Isaías	Faço! Isto tão certo como dois e três serem cinco. São favas contadas. Quem não quiser ser lobo não lhe vista a pele!
Inês	Mas sabe que ele é valente?
Isaías	Também eu sou! Cá e lá más fadas há! Duro com duro não faz bom muro, e dois bicudos não se beijam!
Inês	Ponha-se ao fresco, preciso sair; tenho que fazer lá fora.
Isaías	E eu tenho que fazer cá dentro. Um dia bom mete-se em casa. (*Pausa.*) Olhe, senhora, olhe bem para mim, acha-me feio: não acha?
Inês	Ai, ai, ai!...
Isaías	Eu também acho, e feliz é o doente que se conhece. Mas muitas vezes as aparências enganam e o hábito não faz o monge. Experimente e verá. (*Suplicante.*) Case comigo.
Inês	Gentes!
Isaías	Ah! Se fôssemos casadinhos, outro galo cantaria! Por exemplo: em vez de sair agora à rua, com este sol de matar passarinho, mandava-me a mim, ao seu maridinho...

Inês	(*Arremedando-o.*) Ao seu maridinho... (*À parte.*) Oh! Que ideia! Vou me ver livre dele. (*Alto.*) Então, sem sermos casados, não pode prestar-me um pequeno serviço?
Isaías	Conforme o serviço: ponha os pontos nos *ii*.
Inês	Se me fosse comprar três metros de escumilha.[1] Olhe... Aqui tem a amostra... No armarinho do Godinho... Sabe onde é?
Isaías	Sei; mas quando não soubesse? Quem tem boca vai a Roma.
Inês	Está contrariado?
Isaías	O que vai por gosto regala a vida.
Inês	Tome o dinheiro.
Isaías	Nada... Não é preciso... (*Vai saindo e estaca.*) Diabo! Não me lembra um ditado a propósito! (*Sai.*)

---

1. Tecido bem leve de lã ou seda, com alguma transparência. Era muito usado antigamente. (N. da E.)

Cena IV (Inês)

Inês — Estás bem aviado... Quando voltares, hás de achar a porta fechada. Safa! Que maçador! Agora, tratemos de sair: são mais que horas. (*Aparece à porta um carteiro.*)

Cena V (Inês, o carteiro)

O carteiro — Boa tarde, minha senhora.
Inês — Boa tarde. O que deseja?
O carteiro — Aqui tem esta carta... É da caixa urbana...
Inês — Uma carta? (*Recebendo a carta, consigo.*) De quem será? (*Ao carteiro.*) Obrigada.
O carteiro — Não há de quê, minha senhora. Passe muito bem!
Inês — Adeus. (*O carteiro sai.*)

esquece-te de mim

Cena VI (Inês)

Inês

Ah! A letra é de Filipe. Faz bem em escrever-me o ingrato! Há doze dias que nos não vemos... (*Abre a carta e lê. Jogo de fisionomia.*) "Inês. Peço-te perdão por ter dado causa a que perdesses comigo o teu tempo. Ofereceram-me um casamento vantajoso, e não soube recusar. Ainda uma vez perdão! Falta-me o ânimo para dizer-te mais alguma coisa. Dentro em uma semana estarei casado. Esquece-te de mim. — Filipe". (*Declamando.*) Será possível! Oh! Meu Deus! (*Relendo.*) Sim... Cá está... É a sua letra... (*Depois de ter ficado pensativa um momento.*) Ora, adeus. Eu também não gostava dele lá essas coisas... Digo mais, antes o Isaías; é mais velho, mais sensato, tem dinheiro a render, e Filipe acaba de me provar que o dinheiro é tudo nestes tempos. Espero aqui o Isaías com o meu "sim" perfeitamente engatilhado! Oh! O dinheiro...

Recitativo

Louro dinheiro, soberano esplêndido,
Força, Direito, Rei dos reis, Razão.
Que ao trono teu auriluzente e fúlgido
Meus pobres hinos proclamar-te vão.

Do teu poder universal, enérgico,
Ninguém se atreve a duvidar! Ninguém!
Rígida mola desta imensa máquina,
Fácil conduto para o eterno bem!

Aos teus acenos, Deus antigo e déspota,
Aos teus acenos, Deus moderno e bom,
Caem virtudes e se exaltam vícios!
Todos te almejam, precioso dom!

Inda hás de ser o derradeiro ídolo,
Inda hás de ser a só religião,
Louro dinheiro, soberano esplêndido,
Força, Dinheiro, Rei dos reis, Razão!...

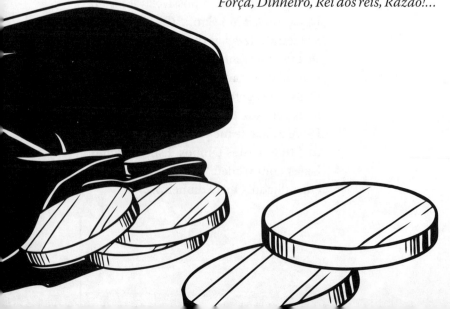

Cena VII (*Inês, Isaías*)

Isaías	(*Entrando.*) Quem canta seus males espanta.
Inês	Já de volta! O senhor foi a correr!
Isaías	Nada! Quem corre cansa. Encontrei outro armarinho mais perto...
Inês	(*Tomando a fazenda.*) Muito obrigada. Quanto custou?
Isaías	Um pau por um olho. Mil e duzentos o metro...
Inês	Pois olhe: o outro vende mais barato.
Isaías	O barato sai caro, e mais vale um gosto do que quatro vinténs.
Inês	Regateou?
Isaías	Regatear! Para quê? Mais tem Deus para dar do que o diabo para tomar.
Inês	Já vejo que é tão pródigo de dinheiro como de anexins!
Isaías	Da pataca do sovina o diabo tem três tostões e dez réis. Poupado sim, sovina não. Eu cá sou assim! Nem tanto ao mar nem tanto a terra. Tenho um só defeito: quero casar-me. Cada louco com sua mania.

Canto
Hei sido um gato sapato;
Preciso do casamento!
O maldito celibato
Não é viver, é tormento.

Quero honesta rapariga
Entre as belas procurar,
Muito embora o mundo diga:
Quem já andou não tem pra andar...

A existência de casado
Talvez venturas me traga,
Se diz verdade o ditado:
Amor com amor se paga.

Se eu for constante e fervente,
Ela tudo isso será;
Se eu amá-la eternamente,
Ela também me amará!

Eu escravo e a esposa escrava,
Viveremos sem desgosto;
Uma mão a outra lava
E ambas lavam o rosto!...

Isaías	Faço-lhe pela milésima vez o meu pedido. Nem todos os dias há carne gorda. A senhora falou-me em um apaixonado. Por onde andará ele? Eu estou aqui, e mais vale um pássaro na mão do que dois a voar.
Inês	(*À parte.*) Levemos a coisa com jeito. (*Alto.*) O senhor... (*Com uma ideia.*) Ah!
Isaías	Oh!
Inês	Já viu representar *As pragas do capitão*?
Isaías	Não, senhora. De pragas ando eu farto.
Inês	Era um militar que praguejava muito. A senhora que ele amava deu-lhe a mão de esposa, mas depois de estabelecer-lhe a condição de não praguejar durante meia hora.
Isaías	Falo em alhos, a senhora responde com bugalhos!
Inês	Já lá vamos aos alhos, aceito a sua proposta.
Isaías	(*Impetuosamente.*) Aceita?
Inês	Sim, senhor.
Isaías	(*Incrédulo.*) Qual! Quando a esmola é muita, o pobre desconfia...
Inês	Mas imponho também a minha condição...
Isaías	Imponha: manda quem pode.
Inês	Se conseguir levar meia hora sem...
Isaías	Sem praguejar?...
Inês	Não! Sem dizer um anexim! Se conseguir, é sua a minha mão.

Isaías	Deveras?
Inês	(*Sentando-se.*) Deveras.
Isaías	Mas eu posso estar calado?
Inês	Como assim?! Era o que faltava! Há de falar pelos cotovelos!
Isaías	Isso é um pouco difícil: o costume faz lei...
Inês	Ai, que escapou-lhe um!
Isaías	Pois o que quer? A continuação do cachimbo...
Inês	Faz a boca torta, já duas vezes.

Isaías	Nas três o diabo as fez.
Inês	Ai, ai, ai! Vamos muito mal!
Isaías	Mas não tínhamos ainda entrado em campo... Aqueles foram ditos de propósito. Agora sim! Agora é que são elas!
Inês	Outro!
Isaías	Protesto! "Agora é que são elas" nunca foi anexim. A César o que é de César!
Inês	O senhor vai perder... Olhe: são duas horas. (*Aponta para um relógio que deve estar sobre a mesa.*) Aceita o desafio? (*Pausa.*) Bem. Quem cala consente...
Isaías	Ah! Agora é a senhora quem os diz! Virou-se o feitiço contra o feiticeiro...
Inês	Ai, ai!
Isaías	Foi engano.
Inês	Dos enganos comem os escrivães. (*Pausa.*) Então? Diga alguma coisa...
Isaías	O que hei de dizer... senão... que gosto muito da senhora... e...
Inês	Pois diga: vai tantas vezes o cântaro à fonte, que lá fica.
Isaías	Não me provoque, senhora, não me provoque!
Inês	Cada qual puxa a brasa para sua sardinha...
Isaías	(*Agitado.*) Brasa! Sardinha! Oh! Que suplício!
Inês	O que tem o senhor?

Isaías	Nada… Não tenho nada… É que esta proibição me incomoda… Este maldito costume… Parece que não estou em mim…
Inês	Sabe o que mais?
Isaías	Vou saber.
Inês	Diga o que quiser! Abra a torneira dos anexins, ditados, rifões, sentenças, adágios e provérbios… Fale, fale para aí!
Isaías	E a condição?
Inês	Caducou. (*Dando-lhe a mão.*) Aqui tem: sou sua.
Isaías	(*Contente.*) Minha! (*Em outro tom.*) E os outros?
Inês	Não existem, nunca existiram!
Isaías	Pois estou acordado? Se estiver dormindo, deixa-me estar: não me acordes.
Inês	Está bem acordado.
Isaías	Estou?! (*Pulando de contente.*) Então viva Deus! Viva o prazer!… Trá lá lá rá lá! (*Quer abraçá-la.*)
Inês	(*Gritando.*) Alto lá! Mais amor e menor confiança!
Isaías	E que o rato nunca comeu mel, quando come… (*Outro tom.*) Pode-se dizer este ditadozinho?…
Inês	Quantos quiser!
Isaías	(*Concluindo.*)…se lambuza! (*Tomando-lhe as mãos.*) E tu? Amas-me, meu bem?

Inês	Sossegue: o amor virá depois. Seja bom marido e deixe o barco andar!
Isaías	Apoiado. Roma não se fez num dia!
Inês	E tenha sempre muita fé nos seus anexins.
Isaías	É verdade: O que tem de ser tem muita força. O homem põe... e a mulher dispõe!...
Inês	Basta! Despeça-se destes senhores, e vá tratar dos papéis...
Isaías	Quem tem boca não manda... cantar. Mas, enfim... (*Ao público.*)

Copla final
Antes que daqui nos vamos,
Inês vos dirá quais são
Os votos que alimentamos
No fundo do coração.

Inês

Os votos que neste instante
Fazemos nestes confins
(Deita a mão sobre o coração.)
É que nos ameis bastante
Embora por anexins.

Ambos

Muitas palmas esperamos
De vós:
Metade para o autor, metade para
nós.

(*Cai o pano.*)

FIM

A Capital Federal

COMÉDIA OPERETA DE COSTUMES BRASILEIROS,
EM 3 ATOS E 12 QUADROS

A
Eduardo Garrido
Mestre e amigo

O. D. C.
Artur Azevedo

PERSONAGENS E SEUS CRIADORES

Lola	Pepa Ruiz
Dona Fortunata	Clélia Araújo
Benvinda	Olímpia Amoedo
Quinota	Estefânia Louro
Juquinha	Adelaide Lacerda
Mercedes	Maria Mazza
Dolores	Marieta Aliverti
Blanchette	Mádalena Vallet
Um literato	Maria Granada
Uma senhora	Maria Granada
Uma hóspede do Grande Hotel da Capital Federal	Olívia
Eusébio	Brandão
Figueiredo	Colás
Gouveia	H. Machado
Lourenço	Leonardo
Duquinha	Zeferino
Rodrigues	Portugal
Pinheiro	Portugal
Um proprietário	Pinto
Um frequentador do Belódromo	Pinto
Outro literato	Lopes
O gerente do Grande Hotel da Capital Federal	Lopes
S'il-vous-plaît, amador de bicicleta	Louro
Mota	Azevedo
Lemos	Azevedo
Um convidado	Oliveira
Guedes	Oliveira
Um inglês	Peppo
Um fazendeiro	Montani
O *chasseur*	N. N.

ATO I

Hóspedes e criados do Grande Hotel da Capital Federal, vítimas de uma agência de alugar casas, amadores de bicicleta, convidados, pessoas do povo, soldados etc.
Ação: no Rio de Janeiro, fim do século passado.

Quadro I

(Suntuoso vestíbulo do Grande Hotel da Capital Federal. Escadaria ao fundo. Ao levantar o pano, a cena está cheia de hóspedes de ambos os sexos, com malas nas mãos, e criados e criadas que vão e vêm. O gerente do hotel anda daqui para ali na sua faina.)

Cena I (Um gerente, um inglês, uma senhora, um fazendeiro e um hóspede)

Coro e Coplas

Os hóspedes

*De esperar estamos fartos
Nós queremos descansar!
Sem demora aos nossos quartos
Faz favor de nos mandar!*

Os criados

*De esperar estamos fartos!
Precisamos descansar!
Um hotel com tantos quartos
O topete faz suar!*

Um hóspede

Um banho quero!

Um inglês	Aoh! *Mim*[1] quer *comê*!
Uma senhora	Um quarto espero!
Um fazendeiro	Eu estou com fome!

O gerente	*Um poucochinho de paciência!*
	Servidos todos vão ser, enfim!
	Eu quando falo, fala a gerência!
	Fiem-se em mim!

Coro	*Pois paciência,*
	Uma vez que assim quer a gerência!

Coplas

I

O gerente	*Este hotel está na berra!*
	Coisa é muito natural!
	Jamais houve nesta terra
	Um hotel assim mais tal!
	Toda a gente, meus senhores,
	Toda a gente, ao vê-lo, diz:
	Que os não há superiores
	Na cidade de Paris!
	Que belo hotel excepcional
	O Grande Hotel da Capital
	Federal!

---

1. Ao satirizar tanto as classes sociais mais baixas como as mais abastadas, o autor reproduz marcas de oralidade e busca o registro da língua falada. Os erros gramaticais, decorrentes dessa característica da obra, foram, de maneira geral, destacados nesta edição. (N. da E.)

Coro *Que belo hotel excepcional etc...*

II

O gerente *Nesta casa não é raro*
Protestar algum freguês:
Acha bom, mas acha caro
Quando chega o fim do mês.
Por ser bom precisamente,
Se o freguês é do bom-tom
Vai dizendo a toda a gente
Que isto é caro mas é bom.
Que belo hotel excepcional!
O Grande Hotel da Capital
                              Federal!

Coro *Que belo hotel excepcional etc...*

O gerente (*Aos criados.*) Vamos! Vamos! Aviem-se! Tomem as malas e encaminhem estes senhores! Mexam-se! Mexam-se!... (*Vozeria. Os hóspedes pedem quarto, banhos etc... Os criados respondem. Tomam as malas, saem todos, uns pela escadaria, outros pela direita.*)

Cena II (O gerente, depois, Figueiredo)

O gerente   (*Só.*) Não há mãos a medir! Pudera! Se nunca houve no Rio de Janeiro um hotel assim! Serviço elétrico de primeira ordem! Cozinha esplêndida, música de câmara durante as refeições da mesa-redonda! Um relógio pneumático em cada aposento! Banhos frios e quentes, duchas, sala de natação, ginástica e massagem! Grande salão com um *plafond* pintado pelos nossos primeiros artistas! Enfim, uma verdadeira novidade! Antes de nos estabelecermos aqui, era uma vergonha! Havia hotéis em São Paulo superiores aos melhores do Rio de Janeiro! Mas em boa hora foi organizada a Companhia do Grande Hotel da Capital Federal, que dotou esta cidade com um melhoramento tão reclamado! E o caso é que a empresa está dando ótimos dividendos e as ações andam por empenhos! (*Figueiredo aparece no topo da escada e começa a descer.*) Ali vem o Figueiredo. Aquele é o verdadeiro tipo do carioca: nunca está satisfeito. Aposto que vem fazer alguma reclamação.

Cena III (O gerente, Figueiredo)

Figueiredo	Ó seu Lopes, olhe que, se isto continuar assim, eu mudo-me!
O gerente	(*À parte.*) Que dizia eu?
Figueiredo	Esta vida de hotel é intolerável! Eu tinha recomendado ao criado que me levasse o café ao quarto às sete horas, e hoje...
O gerente	O meliante lhe apareceu um pouco mais tarde.
Figueiredo	Pelo contrário. Faltavam dez minutos para as sete... Você compreende que isto não tem lugar.
O gerente	Pois sim, mas...
Figueiredo	Perdão; eu pedi o café para as sete e não para as seis e cinquenta!
O gerente	Hei de providenciar.
Figueiredo	E que ideia foi aquela ontem de darem lagostas ao almoço?
O gerente	Homem, creio que lagosta...
Figueiredo	É um bom petisco, não há dúvida, mas faz-me mal!
O gerente	Pois não coma!

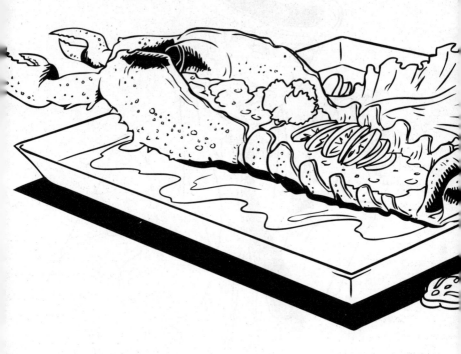

Figueiredo	Mas eu não posso ver lagostas sem comer!
O gerente	Não é justo por sua causa privar os demais hóspedes.
Figueiredo	Felizmente até agora não sinto nada no estômago... É um milagre! E sexta-feira passada? Apresentaram-me ao jantar maionese. Maionese! Quase atiro com o prato à cara do criado!
O gerente	Mas comeu!
Figueiredo	Comi, que remédio? Eu posso lá ver maionese sem comer? Mas foi uma coisa extraordinária não ter tido uma indigestão!...

Cena IV (Os mesmos, Lola)

Lola

(*Entrando arrebatadamente da esquerda.*) Bom dia! (*Ao gerente.*) Sabe me dizer se o Gouveia está?

O gerente

O Gouveia?

Lola

Sim, o Gouveia – um cavalheiro que está aqui morando desde a semana passada.

O gerente

(*Indiscretamente.*) Ah! O jogador... (*Tapando a boca.*) Oh!... Desculpe!...

Lola

O jogador, sim, pode dizer! Porventura o jogo é hoje um vício inconfessável?

O gerente

Creio que esse cavalheiro está no seu quarto; pelo menos ainda o não vi descer.

Lola

Sim, o Gouveia é jogador, e essa é a única razão que me faz gostar dele.

O gerente

Ah! A senhora gosta dele?

Lola

Se gosto dele? Gosto, sim, senhor! Gosto, e hei de gostar, pelo menos enquanto der a primeira dúzia!

O gerente

(*Sem entender.*) Enquanto der...

Lola

Ele só aponta nas dúzias – ora na primeira, ora na segunda, ora na terceira, conforme o palpite. Há perto de um mês que está apontando na primeira.

Figueiredo

(*À parte.*) É um jogador das dúzias!

Lola

Enquanto der a primeira, amá-lo-ei até o delírio!

Figueiredo

A senhora é franca!

Lola *Fin de siècle*, meu caro senhor, *fin de siècle*.

Valsa
Eu tenho uma grande virtude:
Sou franca, não posso mentir!
Comigo somente se iluda
Quem mesmo se queira iludir!
Porque quando apanho um sujeito
Ingênuo, simplório, babão,
Necessariamente aproveito,
Fingindo por ele paixão!

Engolindo a pílula,
Logo esse imbecil
Põe-se a fazer dívidas
E loucuras mil!
Quando enfim, o mísero
Já nada mais é,
Eu sem dó aplico-lhe
Rijo pontapé!

Eu tenho uma linha traçada,
E juro que não me dou mal...
Desfruto uma vida folgada
E evito morrer no hospital.

Descuidosa,
Venturosa,
Com folias
Sem amar,
Passo os dias
A folgar!

Só conheço as alegrias,
Sem tristezas procurar!
Eu tenho uma grande virtude etc...

Mas vamos, faça o favor de indicar-me o quarto do Gouveia.

O gerente	Perdão, mas a senhora não pode lá ir.
Lola	Por quê?
O gerente	Aqui não há disso...
Figueiredo	(*À parte.*) Toma!
O gerente	Os nossos hóspedes solteiros não podem receber nos quartos senhoras que não estejam acompanhadas.
Lola	*Caracoles*! Sou capaz de chamar o Lourenço para acompanhar-me.
O gerente	Quem é o Lourenço?
Lola	O meu cocheiro. Ah! Mas que lembrança a minha! Ele não pode abandonar a caleça!
O gerente	O que a senhora deve fazer é esperar no salão. Um belo salão, vai ver, com um *plafond* pintado pelos nossos primeiros artistas!

Lola	Onde é?
O gerente	(*Apontando para a direita.*) Ali.
Lola	Pois esperá-lo-ei. Oh! Estes prejuízos! Isto só se vê no Rio de Janeiro!... (*Vai a sair e lança um olhar brejeiro a Figueiredo.*)
Figueiredo	Deixe-se disso, menina! Eu não jogo na primeira dúzia! (*Lola sai pela direita.*)

Cena V (*O gerente, Figueiredo, depois o* chasseur)

O gerente	Oh! Senhor Figueiredo! Não se trata assim uma mulher bonita!...
Figueiredo	Não ligo importância a esse povo.
O gerente	Sim, eu sei... é como a lagosta... Faz--lhe mal, talvez, mas atira-se-lhe que...
Figueiredo	Está enganado. Essas estrangeiras não têm o menor encanto para mim.
O gerente	Não conheço ninguém mais pessimista que o senhor.
Figueiredo	Fale-me de uma trigueira... bem trigueira, bem carregada...
O gerente	Uma mulata?
Figueiredo	Uma mulata, sim! Eu digo trigueira por ser menos rebarbativo. Isso é que é nosso, é o que vai com o nosso temperamento e o nosso sangue! E quanto mais dengosa for a mulata, melhor! Ioiô, eu posso? Entrar de caixeiro, sair como sócio?... Você já esteve na Bahia, seu Lopes?

O gerente	Ainda não. Mas com licença: vou mandar chamar o tal Gouveia. (*Chamando.*) *Chasseur.* (*Entra da direita um menino fardado.*) Vá ao quarto nº 135 e diga ao hóspede que está uma senhora no salão à sua espera. (*O menino sai a correr pela escada.*)
Figueiredo	*Chasseur*! Pois não havia uma palavra em português para…
O gerente	Não havia, não senhor. *Chasseur* não tem tradução.
Figueiredo	Ora essa! *Chasseur* é…
O gerente	É caçador, mas *chasseur* de hotel não tem equivalente. O Grande Hotel da Capital Federal é o primeiro no Brasil que se dá ao luxo de ter um *chasseur*! Mas como ia dizendo… a Bahia?…
Figueiredo	Foi lá que tomei predileção pelo gênero. Ah, meu amigo! É preciso conhecê-las! Aquilo é que são mulatas! No Rio de Janeiro não as há!
O gerente	Perdão, mas eu tenho visto algumas que…
Figueiredo	Qual! Não me conte histórias. Nós não temos nada! Mulatas na Bahia!…

Coplas

I

As mulatas da Bahia
Têm de certo a primazia
No capítulo mulher;
O sultão lá na Turquia
Se as apanha um belo dia,
De outro gênero não quer!
Ai gentes! Que bela,
Que linda não é
A fada amarela
De trunfa enroscada,
De manta traçada,
Mimosa chinela
Levando calçada
Na ponta do pé!...

II

As formosas georgianas,
As gentis circassianas
São as flores dos haréns;
Mas, seu Lopes, tais sultanas,
Comparadas às baianas,
Não merecem dois vinténs!
Ai! Gentes! Que bela etc...

Figueiredo | Seu Lopes, você já viu a *Mimi Bilontra*?
O gerente | Isso vi, mas a Mimi Bilontra não é mulata.

Figueiredo	Não, não é isso. Na *Mimi Bilontra* há um tipo que gosta de lançar mulheres. Você sabe o que é lançar mulheres?
Lopes	Sei, sei.
Figueiredo	Pois eu também gosto de lançá-las! Mas só mulatas! Tenho lançado umas poucas!
Lopes	Deveras?
Figueiredo	Todas as mulatas bonitas que têm aparecido por aí arrastando as sedas foram lançadas por mim. É a minha especialidade.
O gerente	Dou-lhe os meus parabéns.
Figueiredo	Que quer? Sou solteiro, aposentado, independente: não tenho que dar satisfações a ninguém. (*Outro tom.*) Bom: vou dar uma volta antes do jantar. Não se esqueça de providenciar para que o criado não continue a levar-me o café às seis e cinquenta!
O gerente	Vá descansado. A reclamação é muito justa.
Figueiredo	Até logo! (*Sai.*)
O gerente	(*Só.*) Gabo-lhe o gosto de lançar mulatas! Imaginem se um tipo assim tem capacidade para apreciar o Grande Hotel da Capital Federal!

Cena VI (O gerente, Lola, depois Gouveia, depois o gerente)

Lola   (*Entrando.*) Então? Estou esperando há uma hora!...

O gerente Admirou o nosso *plafond*?

Lola   Não admirei nada! O que eu quero é falar ao Gouveia!

O gerente Já o mandei chamar. (*Vendo o Gouveia que desce a escada.*) E ele aí vem descendo a escada. (*À parte.*) Pois a esta não se me dava de lançá-la. (*Sai.*)

Gouveia   (*Que tem descido.*) Que vieste fazer? Não te disse que não me procurasses aqui? Este hotel...

Lola   Bem sei: não admite senhoras que não estejam acompanhadas; mas tu não me apareceste ontem nem anteontem, e quando tu não me apareces, dir-se- -ia que eu enlouqueço! Como te amo, Gouveia! (*Abraça-o.*)

Gouveia   Pois sim, *ma* não dês escândalo! Olha o *chasseur*. (*O chasseur tem efetivamente descido a escada, desaparecendo por qualquer um dos lados.*)

Lola	Então? A primeira dúzia?
Gouveia	Tem continuado a dar que faz gosto! 5... 11... 9... 5... Ontem saiu o 5 três vezes seguidas!
Lola	Continuas então em maré de felicidade?
Gouveia	Uma felicidade brutal!... Tanto assim, que tinha já preparado este envelope para ti...
Lola	Oh! Dá cá! Dá cá!...
Gouveia	Pois sim, mas com uma condição: vai para casa, não estejas aqui.
Lola	(*Tomando o envelope.*) Oh! Gouveia. Como eu te amo! Vais hoje jantar comigo, sim?
Gouveia	Vou, contanto que saia cedo. É preciso aproveitar a sorte! Tenho certeza de que a primeira dúzia continuará hoje a dar!
Lola	(*Com entusiasmo.*) Oh! Meu amor!... (*Quer abraçá-lo.*)
Gouveia	Não! Não!... Olha o gerente!...
Lola	Adeus! (*Sai muito satisfeita.*)
O gerente	(*Que tem entrado, à parte.*) Vai contente! Aquilo é que deu a tal primeira dúzia! (*Inclinando-se diante de Gouveia.*) Doutor...
Gouveia	Quando aqui vier esta senhora, o melhor é dizer-lhe que não estou. É uma boa rapariga, mas muito inconveniente.
O gerente	Vou transmitir essa ordem ao porteiro, porque eu posso não estar na ocasião. (*Sai.*)

Cena VII

Gouveia (*Só.*) É adorável esta espanhola, isso é... não choro uma boa dúzia de contos de réis gastos com ela, e que, aliás, não me custaram a ganhar... mas tem um defeito: é muito *colante*... Estas ligações são o diabo... Mas como acabar com isto? Ah! Se a Quinota soubesse! Pobre Quinota! Deve estar queixosa de mim... Oh! Os tempos mudaram... Quando estive em Minas era um simples caixeiro de cobranças... É verdade que hoje nada sou, porque um jogador não é coisa nenhuma... mas ganho dinheiro, sou feliz, muito feliz! A Quinota, no final das contas, é uma roceira... mas tão bonita! E daí, quem sabe? Talvez já se tivesse esquecido de mim.

Cena VIII (*Gouveia, Pinheiro, depois o gerente*)

Pinheiro (*Entrando.*) Oh! Gouveia!
Gouveia Oh! Pinheiro! Que andas fazendo?
Pinheiro Venho a mandado do patrão falar com um sujeito que mora neste hotel... Mas que luxo! Como estás abrilhantado! Vejo que as coisas têm te corrido às mil maravilhas!

Gouveia	(*Muito seco.*) Sim... Deixei de ser caixeiro... Embirrava com isso de ir a qualquer parte a mandado de patrão... Atirei-me a umas tantas especulações... Tenho arranjado para aí uns cobres...
Pinheiro	Vê-se... Estás outro, completamente outro!
Gouveia	Devo lembrar-te que nunca me viste sujo.
Pinheiro	Sujo não digo... mas vamos lá, já te conheci pau de laranjeira! Por sinal que...
Gouveia	Por sinal que uma vez me emprestaste dez mil-réis. Fazes bem em lembrar-me essa dívida.
Pinheiro	Eu não te lembrei coisa nenhuma!
Gouveia	Aqui tens vinte mil-réis. Dou-te dez de juros.
Pinheiro	Vejo que tens a esmola fácil, mas – que diabo! – guarda o teu dinheiro e não o dês a quem to não pede. Fico apenas com os dez mil-réis que te emprestei com muita vontade – e sem juros. Quando precisares deles, vem buscá-los. Cá ficam.
Gouveia	Oh! Não hei de precisar, graças a Deus!
Pinheiro	Homem, quem sabe? O mundo dá tantas voltas!
Gouveia	Adeus, Pinheiro. (*Sai pela esquerda.*)

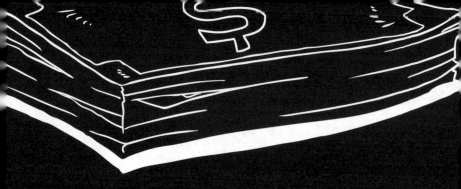

Pinheiro	Adeus, Gouveia. (*Só.*) Umas tantas especulações... Bem sei quais são elas... Pois olha, meu figurão, não te desejo nenhum mal, mas conto que ainda hás de vir buscar estes dez mil-réis, que ficam de prontidão.
O gerente	(*Entrando.*) Deseja alguma coisa?
Pinheiro	Sim, senhor, falar a um hóspede... Eu sei onde é, não se incomode. (*Sobe a escada e desaparece.*)
O gerente	(*Só.*) E lá vai sem dar mais cavaco! Esta gente há de custar-lhe habituar-se a um hotel de primeira ordem como é o Grande Hotel da Capital Federal!

Cena IX (O gerente, Eusébio, Fortunata, Quinota, Benvinda, Juquinha, dois carregadores da estrada de ferro com malas, depois o chasseur, criados e criadas. A família traz maletas, trouxas, embrulhos etc.)

O gerente	Olá! Temos hóspedes! (*Chamando.*) *Chasseur*! Vá chamar gente! (*O chasseur aparece e desaparece, e pouco depois volta com alguns criados e criadas.*)

Eusébio	(*Entrando à frente da família, fechando uma enorme carteira.*) Ave Maria! Trinta mil-réis pra nos *trazê* da estação da estrada de ferro até aqui. Esta gente pensa que dinheiro se cava! (*Aperta a mão ao gerente. O resto da família imita-o, apertando também a mão ao chasseur e à criadagem.*) Deus Nosso Sinhô *esteje* nesta casa!... (*Vai pagar aos carregadores, que saem.*)
Fortunata	É um casão!
Quinota	Um palácio!
Juquinha	Eu *tou* com fome! Quero *jantá*!
Benvinda	Espera, nhô Juquinha!
Fortunata	Menino, não começa a *reiná*!
O gerente	Desejam quartos?
Eusébio	Sim sinhô!... Mas antes disso deixe *dizê* quem sou.
O gerente	Não é preciso. O seu nome será escrito no registro dos hóspedes.
Eusébio	Pois sim, sinhô, mas ouça...

Coplas - Lundu

I

Eusébio

Sinhô, eu sou fazendeiro
Em São João do Sabará,
E venho ao Rio de Janeiro
De coisas graves tratá.

Ora aqui está!

Tarvez *leve um ano inteiro*
Na Capitá Federá!

Coro   *Ora aqui está! etc...*

Eusébio
II
Apareceu um janota
Em São João do Sabará;
Pediu a mão de Quinota
E vei'se *embora pra cá.*

Ora aqui está!

Hei de achá *esse janota*
Na Capitá Federá!

Coro   *Ora aqui está etc...*

Eusébio	Esta é minha *muié*, dona Fortunata.
Fortunata	Uma sua serva. (*Faz uma mesura.*)
O gerente	Folgo de conhecê-la, minha senhora. E esta moça? É sua filha?...
Eusébio	Nossa.
Fortunata	Nome dela é Quinota... Joaquina... mas a gente chama ela de Quinota.
Quinota	Cala a boca, mamãe. O senhor não perguntou nada.

Eusébio	É muito *estruída*. Teve três *professô*... Este é meu filho... (*Procurando Juquinha.*) Onde está ele? Juquinha! (*Vai buscar pela mão o filho, que traquinava ao fundo.*) Tá aqui ele. Tem cabeça – *qué vê?* Diz um verso, Juquinha!
Juquinha	Ora, papai!
Fortunata	Diz um verso, menino! *Não ouve teu pai tá mandando?*
Juquinha	Ora, mamãe!
Quinota	Diz o verso, Juquinha! Você parece tolo!...
Juquinha	Não digo!
Benvinda	Nhô Juquinha, diga aquele de *lá vem a lua saindo!*
Juquinha	Eu não sei verso!
Fortunata	Diz o verso, diabo! (*Dá-lhe um beliscão. Juquinha faz grande berreiro.*)
Eusébio	(*Tomando o filho e acariciando-o.*) Tá bom! Chora! Não Chora! (*Ao gerente.*) Tá muito cheio de vontade... Ah! Mas eu hei de endireitar ele!
O gerente	Não será melhor subirem para os seus quartos?
Eusébio	Sim, sinhô. (*Examinando em volta de si.*) O *hotezinho* parece *bão*.
O gerente	O hotelzinho? Um hotel que seria de primeira ordem em qualquer parte do mundo! O Grande Hotel da Capital Federal!
Fortunata	E diz que é só de família.
O gerente	Ah! Por esse lado podem ficar tranquilos.

Cena X (Os mesmos, Figueiredo)

(Figueiredo volta; examina os circunstantes e mostra-se impressionado por Benvinda, que repara nele.)

O gerente	(*Aos criados.*) Acompanhem estas senhoras e estes senhores... para escolherem os seus quartos à vontade. (*Vai saindo e passa por perto de Figueiredo.*)
Figueiredo	(*Baixinho.*) Que boa mulata, seu Lopes! (*O gerente sai.*)
Os criados e criadas	(*Tomando as malas e embrulhos.*) Façam favor!... Venham!... Subam!...
Eusébio	(*Perto da escada.*) Suba, dona Fortunata! Sobe, Quinota! Sobe, Juquinha! (*Todos sobem.*) Vamo! (*Sobe também.*) Sobe, Benvinda! (*Quando Benvinda vai subindo, Figueiredo dá-lhe um pequeno beliscão no braço.*)
Figueiredo	Adeus, gostosura!
Benvinda	Ah! Seu assanhado! (*Sobe.*)
O gerente	(*Que entrou e viu.*) Então, que é isso, senhor Figueiredo? Olhe que está no Grande Hotel da Capital Federal!
Figueiredo	Ah! Seu Lopes, aquela hei de eu lançá-la! (*Sobe a escada.*)
O gerente	(*Só.*) Queira Deus não vá arranjar uma carga de pau do fazendeiro! (*Sai. Mutação.*)

Quadro II

(Corredor. Na parede uma mão pintada, apontando para este letreiro: "Agência de alugar casas. Preço de cada indicação, Rs. 5$000, pagos adiantados". Ao fundo um banco, encostado à parede.)

Cena I (Vítimas, entrando furiosas da esquerda, depois, Mota, Figueiredo)

Coro	*Que ladroeira!*
	Que maroteira!
	Que bandalheira!
	Pasmado estou!
	Viu toda a gente
	Que o tal agente
	Cinicamente
	Nos enganou!

Mota — (*Entrando da esquerda também muito zangado.*) Cinco mil-réis deitados fora!... Cinco mil-réis roubados!... Mas deixem estar que... (*Vai saindo e encontra-se com Figueiredo, que entra da direita.*)

Figueiredo — Que é isto, seu Mota? Vai furioso!

Mota — Se lhe parece que não tenho razão! Esta agência indica onde há casas vazias por cinco mil-réis.

Figueiredo — Casas por cinco mil-réis? Barata feira!

Mota — Perdão; indica por cinco mil-réis...

Figueiredo — (*Sorrindo.*) Bem sei, e é isso justamente o que aqui me traz. Resolvi deixar o Grande Hotel da Capital Federal e montar casa. Esgotei todos os meios para obter com que naquele suntuoso estabelecimento me levassem o café ao quarto às sete horas em ponto. Como não estou para me zangar todas as manhãs, mudo-me. O diabo é que não acho casa que me sirva. Dizem-me que nesta agência...

Mota	Volte, seu Figueiredo, volte, se não quer que lhe aconteça o mesmo que me sucedeu e tem sucedido a muita gente! Indicaram-me uma casa no morro do Pinto, com todas as acomodações que eu desejava... Você sabe o que é subir ao morro do Pinto?
Figueiredo	Sei. Já lá subi uma noite por causa de uma trigueira.
Mota	Pois eu subi ao morro do Pinto e encontrei a casa ocupada.
Figueiredo	Foi justamente o que me aconteceu com a trigueira.
Mota	Volto aqui, faço ver que a indicação de nada me serviu e peço que me restituam os meus ricos cinco mil-réis. Respondem-me que a agência nada me restitui, porque não tem culpa de que a casa se tivesse alugado.
Figueiredo	E não lhe deram outra indicação?
Mota	Deram. Cá está. (*Tira um papel.*)
Figueiredo	(*À parte.*) Vou aproveitá-la!
Mota	Mas provavelmente vale tanto como a outra!
Figueiredo	(*Depois de ler.*) Oh!
Mota	Que é?
Figueiredo	Esta agora não é má! Rua dos Arcos nº 100. Indicaram a casa da Minervina!
Mota	Que Minervina?
Figueiredo	Uma trigueira.
Mota	A do morro do Pinto?

Figueiredo	Não. Outra. Outra que eu lancei há quatro anos. Mudou-se para a rua dos Arcos não há oito dias.
Mota	Então? Quando lhe digo!
Figueiredo	Oh! As trigueiras têm sido o meu tormento!
Mota	As trigueiras são...
Figueiredo	As mulatas. Eu digo trigueiras por ser menos rebarbativo... Ainda agora está lá no hotel uma família de Minas que trouxe consigo uma mucama... Ah, seu Mota...
Mota	Pois atire-se!
Figueiredo	Não tenho feito outra coisa, mas não me tem sido possível encontrá-la a jeito. Só hoje consegui meter-lhe uma cartinha na mão, pedindo-lhe que vá ter comigo ao largo da Carioca. Quero lançá-la!
Mota	Mas vamos embora! Estamos numa caverna!
Figueiredo	E é tudo assim no Rio de Janeiro... Não temos nada, nada, nada... Vamos...

Cena II (Os mesmos, uma senhora, depois um proprietário)

A senhora   (*Vindo da esquerda.*) Um desaforo! Uma pouca vergonha!

Mota   Foi também vítima, minha senhora?

A senhora   Roubaram-me cinco mil-réis!

Figueiredo   Também – justiça se lhes faça – eles nunca roubam mais do que isso!

A senhora   Indicaram-me uma casa... Vou lá, e encontro um tipo que me pergunta se quero um quarto mobiliado! Vou queixar-me...

Mota   Ao bispo, minha senhora! Queixemo-nos todos ao bispo!... (*O proprietário entra e vai atravessando a cena da direita para a esquerda, cumprimentando as pessoas presentes.*)

Figueiredo   (*Embargando-lhe a paisagem.*) Não vá lá, não vá lá, meu caro senhor! Olhe que lhe roubam cinco mil-réis.

O proprietário   Nada! Eu não pretendo casa. O que eu quero é alugar a minha.

Os três   Ah! (*Cercam-no.*)

A senhora   Talvez não seja preciso ir à agência. Eu procuro uma casa.

Mota   E eu.

Figueiredo   E eu também.

A senhora   A sua onde é?

O proprietário   Se querem a indicação, venham cinco mil-réis de cada um!

Os três   Hein?

O proprietário	Ora essa! Por que é que a agência há de cobrar e eu não?
Mota	A agência paga impostos e é, apesar dos pesares, um estabelecimento legalmente autorizado.
O proprietário	Bem; como eu não sou um estabelecimento legalmente autorizado, dou a indicação por três mil-réis.
Mota	Guarde-a!
Figueiredo	Dispenso-a!
A senhora	Aqui tem os três mil-réis. A necessidade é tão grande que me submeto a todas as patifarias!
O proprietário	(*Calmo.*) Patifaria é forte, mas como a senhora paga... (*Guarda o dinheiro.*)

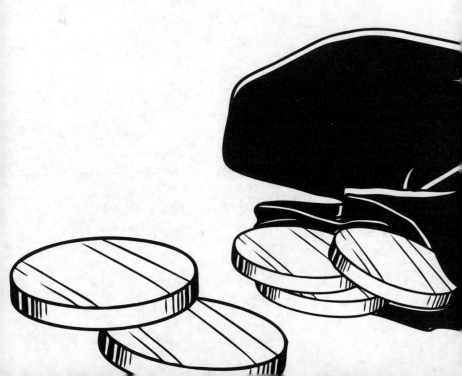

A senhora	Vamos!
O proprietário	A minha casa é na Praia Formosa.
Mota e Figueiredo	Que horror!
O proprietário	Um sobrado com três janelas de peitoril. Os baixos estão ocupados por um açougue.
Mota e Figueiredo	Xi!
A senhora	Deve haver muito mosquito!
O proprietário	Mosquitos há em toda a parte. Sala, três quartos, sala de jantar, despensa, cozinha, latrina na cozinha, água, gás, quintal, tanque de lavar e galinheiro.
A senhora	Não tem banheiro?
O proprietário	Terá, se o inquilino o fizer. A casa foi pintada e forrada há dez anos; está muito suja. Aluguel, duzentos e cinquenta mil-réis por mês. Carta de fiança passada por negociante matriculado, trezentos mil-réis de posse e contrato por três anos. O imposto predial e de pena d'água é pago pelo inquilino.
A senhora	Com os três mil-réis que me surripiou compre uma corda e enforque-se! (*Sai.*)
Figueiredo	(*Enquanto ela passa.*) Muito bem respondido, minha senhora!
Mota	Com efeito!
O proprietário	Mas os senhores...
Figueiredo	(*Tirando um apito do bolso.*) Se diz mais uma palavra, apito para chamar a polícia.

O proprietário	Ora vá se catar! (*Vai saindo.*)
Figueiredo	Que é? Que é?... (*Segue-o.*)
O proprietário	Largue-me!
Figueiredo	Este tipo merecia uma lição! (*Empurrando-o.*) Vamos embora! Deixá-lo!
Mota	Vamos!
O proprietário	(*Voltando e avançando para eles.*) Mas eu...
Os dois	Hein? (*Atiram-se ao proprietário, que foge, desaparecendo pela esquerda. Mota e Figueiredo encolhem os ombros e saem pela direita, encontrando-se à porta com Eusébio, que entra. O proprietário volta e, enganado, dá com o guarda-chuva em Eusébio, e foge. Eusébio tira o casaco para persegui-lo.*)

Cena III (Eusébio, só; depois, Fortunata, Quinota, Juca, Benvinda)

Eusébio
Tratante! Se eu te agarro, tu *havia* de *vê* o que é *purso* de mineiro! Que terra esta, minha Nossa Senhora, que terra esta em que um *home* apanha sem *sabê* por quê? Mas onde ficou esta gente? Aquela dona Fortunata não presta pra subir escada! (*Indo à porta da direita.*) Entra! É aqui! (*Entra a família.*)

Fortunata
(*Entrando apoiada no braço de Quinota.*) Deixe-me *arrespirá* um bocadinho! *Virge* Maria! Quanta escada!

Eusébio
E ainda é no outro *andá*! Olhe! (*Aponta para o letreiro.*)

Juca
(*Vendo Eusébio a vestir o casaco.*) Mamãe, papai se despiu!

As três
É verdade!

Eusébio
Tirei o casaco pra *brigá*! Não foi nada.

Fortunata
Não posso mais co'esta história de casa!

Quinota
É um inferno!

Benvinda
Uma desgraça!

Eusébio
Paciência. Nós não *podemo ficá* naquele *hoté*... Aquilo é luxo demais e custa os *óio* da cara! Como *temo* que *ficá argum* tempo na *Capitá Federá*, o *mió* é *precurá* uma casa. A gente compra uns *traste* e alguma louça... Benvinda vai pra cozinha...

Benvinda
(*À parte.*) Pois sim!

Eusébio	E Quinota trata dos *arranjo* da casa.
Quinota	Mas a coisa é que não se arranja casa.
Eusébio	Desta vez tenho esperança de *arranjá*. Diz que essa agência é muito séria. *Vamo!*
Fortunata	Eu não subo mais escada! Espero aqui no *corredô*.
Eusébio	Tudo fica! Eu vou e *vorto*. (*Vai saindo.*)
Juca	(*Chorando e batendo o pé.*) Eu quero *í* com papai! Eu quero *í* com papai!
Fortunata	Pois vai, diabo!...
Eusébio	Vem! Vem! Não chora! Dá cá a mão! (*Sai com o filho pela esquerda.*)

Cena IV (*Fortunata, Quinota e Benvinda*)

Quinota	Mamãe, por que não se senta naquele banco?
Fortunata	Ah! É verdade! Não tinha *arreparado*. Estou moída. (*Senta-se e fecha os olhos.*)
Benvinda	Sinhá vai *dromi*.
Quinota	Deixa.
Benvinda	(*Em tom confidencial.*) Ó nhanhã?
Quinota	Que é?
Benvinda	Nhanhã *arreparou* naquele *home* que ia descendo pra baixo quando a gente vinha subindo pra cima?
Quinota	Não. Que homem?
Benvinda	Aquele que mora lá no *hoté* em que a gente mora...

Quinota	Olha mamãe! (*Dona Fortunata ressona.*)
Benvinda	Já está *dromindo*. Nhanhã *arreparou*?
Quinota	Reparei, sim.
Benvinda	Sabe o que ele fez hoje de *menhã*? Me meteu esta carta na mão!
Quinota	Uma carta? E tu ficaste com ela? Ah! Benvinda! (*Pausa.*) É para mim?
Benvinda	Pra quem *havera* de *sê*?
Quinota	Não está sobrescritada.
Benvinda	(*À parte, enquanto Quinota se certifica de que Fortunata dorme.*) Bem sei que a carta é minha... O que eu quero é que ela leia pra eu *ouvi*.
Quinota	Dá cá. (*Toma a carta e vai abri-la, mas arrepende-se.*) Que asneira ia eu fazendo!

          Duetino

Quinota
Eu gosto do seu Gouveia:
Com ele quero casar;
O meu coração anseia
Pertinho dele pulsar;

Portanto a epístola
Não posso abrir!
Sérios escrúpulos
Devo sentir!

Benvinda	*Está longe seu Gouveia;* *Aqui agora não vem...* *Abra a carta, a carta leia...* *Não digo nada a ninguém!*
Quinota	*Não! Não! A epístola* *Não posso abrir!* *Sérios escrúpulos* *Devo sentir!* *Entretanto, é verdade* *Que tenho tal ou qual curiosidade,* *Mamãe – eu tremo! –* *Dormindo está?*
Benvinda	*Sim, e ela* memo *Respondeu já.* (Fortunata tem resso- nado.)
Quinota	*É feio,* *Mas que importa? Abro e leio!* (Abre a carta.)

(*Juntas e ao mesmo tempo.*)

Quinota	*Eu sou curiosa!* *Não sei me conter* *A carta amorosa* *Depressa vou ler!*
Benvinda	*É bem curiosa!* *Não há que* dizê! *A carta amorosa* *Depressa vai* lê!...

Ambas	Uê!...
Quinota	(*Lendo a carta.*) "Minha bela mulata."
Ambas	Uê!
Quinota	(*Lendo.*) "Minha bela mulata. Desde que estás morando neste hotel, tenho debalde procurado falar-te. Tu não passas de uma simples mucama..." (*Dá a carta a Benvinda.*) A carta é para ti. (*À parte.*) Fui bem castigada.
Benvinda	Leia pra eu *ouvi*, nhanhã.
Quinota	(*Lendo.*) "Se queres ter uma posição independente e uma casa tua..."
Benvinda	Gentes!
Quinota	"...deixa o hotel, e vai ter comigo terça-feira, às quatro horas da tarde, no largo da Carioca, ao pé da charutaria do Machado."
Benvinda	(*À parte.*) Terça-feira... quatro *hora*...
Quinota	"Nada te faltará. Eu chamo-me Figueiredo."
Benvinda	Rasga essa carta, nhanhã! Veja só que sem-vergonha de *home*!
Quinota	(*Rasgando a carta.*) Se papai soubesse...
Benvinda	(*À parte.*) Figueiredo...

Cena V (As mesmas, Eusébio, Juquinha)

Eusébio	Já tenho uma indicação!
Fortunata	(*Despertando.*) Ah! Quase pego no sono! (*Erguendo-se.*) Já *temo* casa.
Eusébio	Parece. O dono dela é o *home* com quem eu briguei *indagorinha*. Tinha me tomado por outro. *Vamo* à Praia *Fermosa* pra *vê* se a casa serve.
Fortunata	Ora graça!
Benvinda	(*À parte.*) Perto da charutaria.
Eusébio	(*Que ouviu.*) Não sei se é perto da charutaria, mas diz que o *logá* é *aprazive*; a casa *munto* boa... Fica *pro* cima de um açougue, o que *qué dizê* que nunca *fartará* carne! *Vamo!*
Quinota	É muito longe?
Eusébio	É; mas a gente vai no bonde...
Benvinda	(*À parte.*) Largo da Carioca...
Eusébio	(*Que ouviu.*) Que largo da Carioca! *É* os *bondinho* da rua Direita! *Vamo!*
Juquinha	Eu quero *í co* Benvinda!
Fortunata	Vai, vai *co* Benvinda! É *perciso munta* paciência para *aturá* este demônio deste menino! (*Saem todos.*)
Benvinda	(*Saindo por último, com Juquinha pela mão.*) Terça-feira... quatro *hora*... Figueiredo...

Cena VI

O proprietário (*Vindo da esquerda.*) Queira Deus que o mineiro fique com a casa... mas não lhe dou dois meses para apanhar uma febre palustre! (*Sai pela direita. Mutação.*)

Quadro III

(O largo da Carioca. Muitas pessoas estão à espera de bonde. Outras passeiam.)

Cena I (Figueiredo, Rodrigues, pessoas do povo)

Coro	*À espera do bonde elétrico* *Estamos há meia hora!* *Tão desusada demora* *Não sabemos explicar!* *Talvez haja algum obstáculo,* *Algum descarrilamento,* *Que assim possa o impedimento* *Da linha determinar!*

(Figueiredo e Rodrigues vêm ao proscênio. Rodrigues está carregado de pequenos embrulhos.)

Rodrigues	Que estopada, hein?
Figueiredo	É tudo assim no Rio de Janeiro! Este serviço de bondes é terrivelmente malfeito! Não temos nada, nada, absolutamente nada!
Rodrigues	Que diabo! Não sejamos tão exigentes! Esta companhia não serve mal. Não é por culpa dela esse atraso. Ali na estação me disseram. Na rua do Passeio está uma fila de bondes parados diante de um enorme caminhão, que levava uma máquina descomunal não sei para onde, e quebrou as rodas. É ter um pouco de paciência.

Figueiredo	Eu felizmente não estou à espera de bonde, mas de coisa melhor. (*Consultando o relógio.*) Estamos na hora.
Rodrigues	Ah! Seu maganão... Alguma mulher... Você nunca há de tomar juízo!
Figueiredo	Uma trigueira... uma deliciosa trigueira!
Rodrigues	Continua então a ser um grande apreciador de mulatas?
Figueiredo	Continuo, mas eu digo trigueiras por ser menos rebarbativo.
Rodrigues	Pois eu cá sou o homem da família, porque entendo que a família é a pedra angular de uma sociedade bem organizada.
Figueiredo	Bonito!
Rodrigues	Reprovo incondicionalmente esses amores escandalosos, que ofendem a moral e os bons costumes.
Figueiredo	Ora não amola! Eu sou solteiro... não tenho que dar satisfações a ninguém.
Rodrigues	Pois eu sou casado, e todos os dias agradeço a Deus a santa esposa e os adoráveis filhinhos que me deu! Vivo exclusivamente para a família. Veja como vou para casa cheio de embrulhos! E é isto todos os dias! Vão aqui empadinhas, doces, queijo, chocolate andaluza, sorvetes de viagem, o diabo!... Tudo gulodices!...

Figueiredo	(*Que, preocupado, não lhe tem presta-do grande atenção.*) Não imagina você como estou impaciente! É curioso! Não varia aos quarenta anos esta sen-sação esquisita de esperar uma mulher pela primeira vez! Note-se que não te-nho certeza de que ela venha, mas sin-to uns formigueiros subirem-me pelas pernas! (*Vendo Benvinda.*) Oh! Diabo! Não me engano! Afaste-se, afaste-se, que lá vem ela!...
Rodrigues	Seja feliz. Para mim não há nada como a família. (*Afasta-se e fica observando de longe.*)

Cena II (*Os mesmos, Benvinda*)

Benvinda	(*Aproximando-se com uma pequena trouxa na mão.*) Aqui estou.
Figueiredo	(*Disfarçando o olhar para o céu.*) Dis-farça, meu bem. (*Pausa.*) Estás pronta a acompanhar-me?
Benvinda	(*Disfarçando e olhando também para o céu.*) Sim, sinhô, mas eu quero *sabê* se é verdade o que o sinhô disse na sua carta...
Figueiredo	(*Disfarçando por ver um conhecido que passa e o cumprimenta.*) Como passam todos lá por casa? As senhoras estão boas?

Benvinda	(*Compreendendo.*) Boas, muito obrigado... Sinhá Miloca é que tem andado com enxaqueca.
Figueiredo	(*À parte.*) Fala mal, mas é inteligente.
Benvinda	O sinhô me dá *memo* casa pra *mim morá*?
Figueiredo	Uma casa muito chique, muito bem mobiliada, e uns vestidos muito bonitos. (*Passa outro conhecido. O mesmo jogo de cena.*) Mas por que esta demora com a minha roupa lavada?
Benvinda	É porque choveu *munto*... não se pôde *corá*... (*Outro tom.*) Não me *fartará* nada?
Figueiredo	Nada! Não te faltará nada! Mas aqui não podemos ficar. Passa muita gente conhecida, e eu não quero que me vejam contigo enquanto não tiveres outra encadernação. Acompanha-me e toma o mesmo bonde que eu. (*Vai se afastando pela direita e Benvinda também.*) Espera um pouco, para não darmos na vista. (*Passa um conhecido.*) Adeus, hein? Lembranças à Baronesa.

Benvinda	Sim, sinhô, farei presente. (*Figueiredo afasta-se, disfarçando, e desaparece pela direita. Durante a fala que se segue, Rodrigues a pouco e pouco se aproxima de Benvinda.*) Ora! Isto sempre deve sê *mió* que aquela vida enjoada lá da roça! Ah! Seu *Borge*! Seu *Borge*! Você abusou porque era *feitô* lá da fazenda; fez o que fez e me prometeu casamento... Mas casará ou não? Sinhá e nhanhã *ondem ficá* danada... Pois que *fique*!... Quero a minha liberdade! (*Vai afastar-se na direção que tomou Figueiredo e é abordada pelo Rodrigues, que não a tem perdido de vista um momento.*)
Rodrigues	Adeus, mulata!
Benvinda	Viva!
Rodrigues	(*Disfarçando.*) Dá-me uma palavrinha?
Benvinda	Agora não posso.
Rodrigues	Olhe, aqui tem o meu cartão... Se precisar de um homem sério... de um homem que é todo família...
Benvinda	(*Tomando disfarçadamente o cartão.*) Pois sim. (*Saindo, à parte.*) O que não *farta* é *home*... Assim queira uma *muié*... (*Sai.*)
Rodrigues	(*Consigo.*) Sim... lá de vez em quando... para variar... não quero dizer que... (*Outro tom.*) E o maldito bonde que não chega! (*Afasta-se pela direita e desaparece.*)

Cena III (*Lola, Mercedes, Blanchette, Dolores, Gouveia, pessoas do povo*)

(*As quatro mulheres entram da esquerda, trazendo Gouveia quase à força.*)

As mulheres	**Quinteto**
	Ande pra frente,
	Faça favor!
	Está filado,
	Caro senhor!
	Queira ou não queira,
	Daqui não sai!
	Janta conosco!
	Conosco vai!
Lola	*Há tantos dias*
	Tu não me vias,
	E agora qu'rias
	Deixar-me só!
	A tua Lola,
	Meu bem, consola!
	Dá-me uma esmola!
	De mim tem dó!

As outras	*Há tantos dias* *Tu não a vias,* *E agora qu'rias* *Deixá-la só!* *A tua Lola,* *Meu bem, consola!* *Dá-lhe uma esmola!* *Tem dó, tem dó!*
Gouveia	*Não me aborreçam!* *Não me enfureçam!* *Desapareçam!* *Quero estar só!* *Isto me amola!* *Perco esta bola!* *Querida Lola,* *De mim tem dó!*
Lola	*Ingrato – já não me queres!* *Tu já não gostas de mim!*
Gouveia	*São terríveis as mulheres!* *Gosto de ti, gosto, sim!* *Mas não serve este lugar* *Pra tais assuntos tratar!*
Lola	*Então daqui saiamos!* *Vamos!*
Todas	*Vamos!* *Há tantos dias etc...*

Lola	Vamos a saber: por que não tens aparecido?
Gouveia	Tu bem sabes por quê.
Lola	A primeira dúzia falhou?
Gouveia	Oh! Não! Ainda não falhou, graças a Deus, e por isso mesmo é que não a tenho abandonado noite e dia! Não vês como estou pálido? Como tenho as faces desbotadas e os olhos encovados? É porque já não durmo, é porque já me não alimento, é porque não penso noutra coisa que não seja a roleta!
Lola	Mas é preciso que descanses, que te distraias, que espaireças o espírito. Por isso mesmo exijo que venhas jantar hoje comigo, quero dizer, conosco, porque, como vês, terei à mesa estas amigas, que tu conheces: a Dolores, a Mercedes e a Blanchette.
As três	Então, Gouveia? Venha, venha jantar!...
Gouveia	Já deve ter começado a primeira banca!
Lola	Deixa lá a primeira banca! Tenho um pressentimento de que hoje não dá a primeira dúzia.

As três	Então, Gouveia, então? (*Querem abraçá-lo.*)
Gouveia	(*Esquivando-se.*) Que é isto? Vocês estão doidas! Reparem que estamos no largo da Carioca!
Lola	Vem! Não te faças rogado!
As três	(*Implorando.*) Gouveia!...
Gouveia	Pois sim, vamos lá! Vocês são o diabo!
Lola	Ai! E o meu leque?! Trouxeste-o, Dolores?
Dolores	Não.
Blanchette	Nem eu.
Mercedes	Tu deixaste-o ficar sobre a mesa, no Braço de Ouro.
Gouveia	Que foi?
Lola	Um magnífico leque, comprado, não há uma hora, no Palais-Royal. Querem ver que o perdi?
Gouveia	Se queres, vou procurá-lo ao Braço de Ouro.
Lola	Pois sim, faze-me esse favor. (*Arrependendo-se.*) Não! Se tu vais à rua do Ouvidor, és capaz de encontrar lá algum amigo que te leve para o jogo.
Mercedes	E esta é a hora do recrutamento.
Lola	Vamos nós mesmas buscar o leque. Fica tu aqui muito quietinho à nossa espera. É um instante.
Gouveia	Pois vão e voltem.
Lola	Vamos! (*Sai com as três amigas.*)

Cena IV (Gouveia, depois, Eusébio, Fortunata, Quinota e Juquinha)

Gouveia

Com esta não contava eu. Daí – quem sabe? Como ando em maré de felicidade, talvez seja uma providência lá não ir hoje. (*Eusébio entra descuidado acompanhado pela família, e, ao ver Gouveia, solta um grande grito.*)

Eusébio

Oh! Seu Gouveia! (*Chamando.*) Dona Fortunata!... Quinota!... (*Cercam Gouveia.*)

As senhoras e Juquinha

Oh! Seu Gouveia! (*Apertam-lhe a mão.*)

Eusébio

Seu Gouveia! (*Abraça-o.*)

Gouveia

(*Atrapalhado.*) Senhor Eusébio... Minha senhora... Dona Quinota... (*À parte.*) Maldito encontro!...

Quarteto

Eusébio, Fortunata, Quinota e Juquinha

Seu Gouveia, finalmente,
Seu Gouveia apareceu!
Seu Gouveia está presente!
Seu Gouveia não morreu!

Eusébio

Andei por todas as rua,
Toda a cidade bati;
Mas de tê notícias sua
As esperança perdi!

Quinota	*Mas ao meu anjo da guarda* *Em sonhos dizer ouvi:* *Sossega, que ele não tarda* *A aparecer por aí!*
Todos	Seu Gouveia, finalmente etc...
Fortunata	Ora, seu Gouveia! O sinhô chegou lá na fazenda feito cometa, e começou a *namorá* Quinota. Pediu ela em casamento, veio *se* embora dizendo que vinha *tratá* dos *papé*, e nunca mais deu *siná* de si! Isto se faz, seu Gouveia?
Quinota	Mamãe...
Eusébio	Como Quinota andava apaixonada, coitadinha! Que não comia, nem bebia, nem *dromia*, nem nada, nós *arresorvemo vi le procurá*... porque *le* escrevi três *carta* que *ficou* sem resposta...
Gouveia	Não recebi nenhuma.
Eusébio	Então entreguei a fazenda a seu *Borge*, que é *home* em que a gente pode *confiá*, e aqui *estemo*!
Fortunata	O sinhô sabe que com moça de família não se brinca... Se seu Eusébio não *soubé sê* pai, aqui estou eu que hei de *sabê sê* mãe!
Quinota	Mamãe, tenha calma... seu Gouveia é um moço sério...

Gouveia	Obrigado, dona Quinota. Sou, realmente, um moço sério, e hei de justificar plenamente o meu silêncio. Espero ser perdoado.
Quinota	Eu há muito tempo lhe perdoei.
Gouveia	(*À parte.*) Está ainda muito bonita! (*Alto.*) Onde moram?
Eusébio	No Grande *Hoté* da *Capitá Federá*.
Gouveia	(*À parte.*) Oh! Diabo! No meu hotel!... Mas eu nunca os vi!
Quinota	Mas andamos à procura de casa: não podemos ficar ali.
Fortunata	É muito caro.
Gouveia	Sim, aquilo não convém.
Eusébio	Mas é muito *difíce achá* casa. Uma agência nos indicou uma, na Praia *Fermosa*...
Fortunata	Que chiqueiro, seu Gouveia!
Eusébio	*Paguemo* cinco mil-réis pra nos *enchê* de *purga*!
Quinota	E era muito longe.
Gouveia	Descansem, há de se arranjar casa. (*À parte.*) E Lola que não tarda!
Eusébio	Como diz?
Gouveia	Nada... Mas, ao que vejo, veio toda a família?
Eusébio	Toda! Dona Fortunata... Quinota... o Juquinha...
Juquinha	A Benvinda.
Eusébio	Ah! É verdade! Nos aconteceu uma desgraça!
Fortunata	Uma grande desgraça!

Gouveia	Que foi? Ah! Já sei... o senhor foi vítima do conto do vigário!
Eusébio	Eu?!... Então eu sou *argum* matuto?... Não sinhô, não foi isso.
Juquinha	Foi a Benvinda que fugiu!
Quinota	Cale a boca!
Juquinha	Fugiu *dum home*!
Eusébio	Cala a boca, menino!
Juquinha	Foi Quinota que disse!
Fortunata	Cala a boca, diabo!
Eusébio	O sinhô se lembra da Benvinda.
Fortunata	Aquela mulatinha? Cria da fazenda?
Gouveia	Lembra-me.
Eusébio	Hoje de *menhã*, a gente *se acorda-se*... *precura*...
Fortunata	*Quê dê* Benvinda?
Gouveia	Pode ser que ainda a encontrem.
Fortunata	Mas em que estado, seu Gouveia!
Eusébio	E seu *Borge* já estava *arresorvido* a *casá* com ela... Mas não *fiquemo* aqui...
Gouveia	(*Inquieto.*) Sim, não fiquemos aqui.
Eusébio	*Temo* muito que *conversá*, seu Gouveia. Não quero que dona Fortunata diga que não sei *sê* pai... Quero *sabê* se o sinhô está ou não está disposto a cumprir o que tratou!
Gouveia	Certamente. Se dona Quinota ainda gosta de mim...
Quinota	(*Baixando os olhos.*) Eu gosto.
Gouveia	Mas vamos! Em caminho conversaremos. São contos largos!
Eusébio	Vamos *jantá* lá no *hoté*.

Gouveia	No hotel? Não! A linha está interrompida. (*À parte.*) Era o que faltava! Ela lá iria! (*Alto.*) Vamos ao Internacional.
Eusébio	Onde é isso?
Gouveia	Em Santa Teresa. Toma-se aqui o bonde elétrico.
Fortunata	O *tá* que vai *pro* cima do arco?
Gouveia	Sim, senhora.
Fortunata	Xi!
Gouveia	Não há perigo. Mas vamos! Vamos! (*Dá o braço a Quinota.*)
Fortunata	(*Querendo separá-los.*) Mas...
Eusébio	Deixe. Isto aqui é moda. A senhora se *alembre* que não *estamo* em São João do Sabará.
Juquinha	Eu quero *í co* Quinota!
Fortunata	Principia! Principia! Que menino, minha Nossa Senhora!
Gouveia	(*Vendo Lola.*) Ela! Vamos! Vamos! (*Retira-se precipitadamente.*)
Eusébio	Espere aí, seu Gouveia! Ande, dona Fortunata!
Juquinha	(*Chorando.*) Eu quero *í co* Quinota! (*Saem todos a correr pela direita.*)

Cena V (*Lola, Mercedes, Dolores, Blanchette, Rodrigues, pessoas do povo*)

Lola	Então? O Gouveia? Não lhes disse? Bem me arrependi de o ter deixado ficar! Não teve mão em si e lá se foi para o jogo!
Mercedes	Que tratante!

Dolores	Que malcriado!
Blanchette	Que grosseirão!
Lola	E nada de bondes!
Mercedes	Que fizeste do teu carro?
Lola	Pois não te disse já que o meu cocheiro, o Lourenço, amanheceu hoje com uma pontinha de dor de cabeça?
Blanchette	(*Maliciosa.*) Poupas muito o teu cocheiro.
Lola	Coitado! É tão bom rapaz! (*Vendo Rodrigues que se tem aproximado aos poucos.*) Olá, como vai você?
Rodrigues	(*Disfarçando.*) Vou indo, vou indo... Mas que bonito ramilhete franco-espanhol! A Dolores... a Mercedes... a Blanchette... Viva *la gracia*!
Lola	(*Às outras.*) Uma ideia, uma fantasia: vamos levar este tipo para jantar conosco?
As outras	Vamos! Vamos!
Blanchette	Substituirá o Gouveia! Bravo!
Lola	(*A Rodrigues.*) Você faz-nos um favor? Venha jantar com ramilhete franco-espanhol!
Rodrigues	Eu?! Não posso, filha: tenho a família à minha espera.
Lola	Manda-se um portador à casa com esses embrulhos.
Mercedes	Os embrulhos ficam, se é coisa que se coma.
Rodrigues	Vocês estão me tentando, seus demônios!

Lola	Vamos! Anda! Um dia não são dias!
Rodrigues	Eu sou um chefe de família!
Todas	Não faz mal!
Rodrigues	Ora adeus! Vamos! (*Olhando para a esquerda.*) Ali está um carro. O próprio cocheiro levará depois um recado à minha santa esposa... Disfarcemos... Vou alugar o carro. (*Sai.*)
Todas	Vamos! (*Acompanham-no.*)
Pessoas do povo	Lá vem afinal um bonde! Tomemo-lo! Avança! (*Correm todos. Música na orquestra até o fim do ato. Mutação.*)

Quadro IV

(*A passagem de um bonde elétrico sobre os arcos. Vão dentro do bonde entre outros passageiros, Eusébio, Gouveia, dona Fortunata, Quinota e Juquinha. Ao passar o bonde em frente ao público, Eusébio levanta-se entusiasmado pela beleza do panorama.*)

Eusébio   Oh! A *Capitá Federá*! A *Capitá Federá*!...

PANO

ATO II

Quadro V
(O largo de São Francisco.)

Cena I (Benvinda, pessoas do povo, depois Figueiredo)

(Benvinda está exageradamente vestida à última moda e cercada por muitas pessoas do povo, que lhe fazem elogios irônicos.)

Coro *Ai, Jesus! Que mulata bonita!*
Como vem tão janota e faceira!
Toda a gente por ela palpita!
Ninguém há que adorá-la não queira!
Ai, mulata!
Não há peito que ao ver-te não bata!

Benvinda *Vão andando seu caminho,*
Deixe a gente assossegada!

Coro *Para ao menos um instantinho!*
Não te mostres irritada!

Benvinda *Gentes! Meu Deus! Que maçada!*

Coro *Dize o teu nome, benzinho!*

	Coplas
Benvinda	*Meu nome não digo!*
	Não quero, aqui está!
	Não bulam comigo!
	Me deixem passar!
	Jesus! Quem me acode?
	Já vejo que aqui
	As moças não pode
	Sozinha saí!
	Sai da frente,
	Minha gente!
	Sai da frente pro favò!
	Tenho pressa!
	Vou depressa!
	Vou pra rua do Ouvidô!
Coro	*Sai da frente!*
	Minha gente!
	Sai da frente pro favô!
	Vai com pressa!
	Vai depressa!
	Vai à rua do Ouvidor.
Benvinda	*Não digo o meu nome!*
	Não tou de maré!
	Diabo dos home
	Que insurta *as* muié!
	Quando eu vou sozinha,
	Só ouço, dizê:
	"Vem cá, mulatinha,
	Que eu vou com você!"
	Sai da frente etc...

Coro Sai da frente etc...

(*Figueiredo aparece e coloca-se ao lado de Benvinda.*)

Figueiredo Meus senhores, que é isto?
Perseguição assim é caso nunca visto!...
Mas saibam que esta fazenda
Tem um braço que a defenda!

Benvinda Seu Figueiredo
Eu tava aqui com muito medo!

Coro (À meia-voz.) Este é o marchante...
Deixá-los, pois, no mesmo instante!
Provavelmente o tipo é tolo,
E há querer armar um rolo!

(*À toda voz, cumprimentando ironicamente Figueiredo.*)

Feliz mortal, parabéns
Pelo tesouro que tens!
Ah! Ah! Ah! Ah! Ah! Ah! Ah! Ah!
Mulher mais bela aqui não há!

(*Todos se retiram. Durante as cenas que seguem, até o fim do quadro, passam pessoas do povo.*)

Cena II (Figueiredo, Benvinda)

Figueiredo (*Repreensivo.*) Já vejo que há de ser muito difícil fazer alguma coisa de ti!
Benvinda Eu não tenho *curpa* que esses *diabo*...
Figueiredo (*Atalhando.*) Tens culpa, sim! Em primeiro lugar, essa toalete é escandalosa! Esse chapéu é descomunal!
Benvinda Foi o sinhô que escolheu ele!
Figueiredo Escolhi mal! Depois, tu abusas do *face-en-main*!
Benvinda Do... do quê?
Figueiredo Disto, da luneta! Em francês chama-se *face-en-main*. Não é preciso estar a todo o instante... (*Faz o gesto de quem leva aos olhos o* face-en-main.) Basta que te sirvas disso lá uma vez por outra, e assim, olha, assim, com certo ar de sobranceria. (*Indica.*) E não sorrias a todo instante, como uma bailarina... A mulher que sorri sem cessar é como o pescador quando atira a rede: os homens vêm aos cardumes, como ainda agora! E esse andar? Por que gingas tanto? Por que te remexes assim?

Benvinda	(*Chorosa.*) Oh! Meu Deus! Eu ando bem direitinha... Não olho pra ninguém... Estes *diabo* é que *intica* comigo. Vem cá, mulatinha! Meu bem, ouve aqui uma coisa!
Figueiredo	Pois não respondas! Vai olhando sempre para a frente! Não tires os olhos de um ponto fixo, como os acrobatas, que andam na corda bamba... Olha, eu te mostro... Faze de conta que sou tu e estou passando... Tu és um gaiato, e me dizes uma gracinha quando eu passar por ti. (*Afasta-se, e passa pela frente de Benvinda muito sério.*) Vamos, dize alguma coisa!...
Benvinda	*Dizê* o quê?
Figueiredo	(*À parte.*) Não compreendeu! (*Alto.*) Qualquer coisa! Adeus, meu bem! Aonde vai com tanta pressa? Olha o lenço que caiu!
Benvinda	Ah! Bem!
Figueiredo	Vamos, outra vez. (*Repete o movimento.*)
Benvinda	Adeus, seu Figueiredo.
Figueiredo	Que Figueiredo! Eu agora sou Benvinda! E a propósito: hei de arranjar-te um nome de guerra.
Benvinda	De guerra? Uê!...

Figueiredo	Sim, um nome de guerra. É como se diz. Benvinda é nome de preta velha. Mas não se trata agora disso. Vou passar de novo. Não te esqueças de que eu sou tu. Já compreendeste?
Benvinda	Já, sim sinhô.
Figueiredo	Ora muito bem! Lá vou eu. (*Repete o movimento.*)
Benvinda	(*Enquanto ele passa.*) Ouve uma coisa, mulata! Vem cá, meu coração!...
Figueiredo	(*Que tem passado imperturbável.*) Viste? Não se dá troco! Arranja-se um olhar de mãe de família! E diante desse olhar, o mais atrevido se desarma! Vamos! Anda um bocadinho até ali! Quero ver se aprendeste alguma coisa!
Benvinda	Sim, sinhô. (*Anda.*)
Figueiredo	Que o quê! Não é nada disso! Não é preciso fazer projeções do holofote para todos os lados! Assim, olha... (*Anda.*) Um movimento gracioso e quase imperceptível dos quadris...
Benvinda	(*Rindo.*) Que *home* danado!
Figueiredo	É preciso também corrigir o teu modo de falar, mas a seu tempo trataremos desse ponto, que é essencial. Por enquanto o melhor que tens a fazer é abrir a boca o menor número de vezes possível, para não dizeres *home* em vez de homem e quejandas parvoíces... Não há elegância sem boa prosódia. Aonde ias tu?

Benvinda	Ia na rua do *Ouvidô*.
Figueiredo	(*Emendando.*) Ouvidorr... Ouvidorr... Não faças economia nos erres, porque apesar da carestia geral, eles não aumentarão de preço. E sibila bem os esses – Assim... Bom. Vai e até logo! Mas vê lá: nada de olhadelas, nada de respostas! Vai!
Benvinda	*Inté* logo.
Figueiredo	Que *inté* logo! Até logo é que é! Olha, em vez de *inté* logo, dize: *Au revoir*! Tem muita graça de vez em quando uma palavra ou uma expressão francesa.
Benvinda	*Ó revoá!*
Figueiredo	Antes isso! (*Benvinda afasta-se.*) Não te mexas tanto, rapariga! Ai! Ai! Isso! Agora foi demais! Ai! (*Benvinda desaparece.*) De quantas tenho lançado, nenhuma me deu tanto trabalho! Há de ser difícil coisa lapidar este diamante! É uma vergonha! Não pode estar ao pé de gente! (*Lola vai atravessando a cena; vendo Figueiredo, encaminha-se para ele.*)

Cena III (Figueiredo, Lola)

Lola
Oh! Estimo encontrá-lo! Pode dar-me uma palavra?

Figueiredo
Pois não, minha filha!

Lola
Não o comprometo?

Figueiredo
De forma alguma! Vossemecê já está lançada!

Lola
Como?

Figueiredo
Vossemecês só envergonham a gente antes de lançadas.

Lola
Não entendo.

Figueiredo
Nem é preciso entender. Que desejava?

Lola
Lembra-se de mim?

Figueiredo
Perfeitamente. Encontramo-nos um dia no vestíbulo do Grande Hotel da Capital Federal.

Lola
(*Apertando-lhe a mão.*) Nunca mais me esqueci da sua fisionomia. O senhor não é bonito... Oh! Não! Mas é muito insinuante.

Figueiredo
(*Modestamente.*) Oh! Filha!...

Lola
Lembra-se do motivo que me levava àquele hotel?

Figueiredo
Lembra-me. Vossemecê ia à procura de um moço que apontava na primeira dúzia.

Lola
Vejo que tem boa memória. Pois é na sua qualidade de hóspede do Grande Hotel da Capital Federal que me atrevo a pedir-lhe uma informação.

Figueiredo	Mas eu há muitos dias já lá não moro! Era um bom hotel, não nego, mas que quer? Não me levavam o café ao quarto às sete horas em ponto! Entretanto, se for coisa que eu saiba...
Lola	Queria apenas que me desse notícias do Gouveia.
Figueiredo	Do Gouveia?
Lola	O tal da primeira dúzia.
Figueiredo	Mas eu não o conheço.
Lola	Deveras?
Figueiredo	Nunca o vi mais gordo!
Lola	Que pena! Supus que o conhecesse!
Figueiredo	Pode ser que o conheça de vista, mas não ligo o nome à pessoa.
Lola	Tenho-o procurado inúmeras vezes no hotel... e não há meio! Não está! Saiu! Há três dias não aparece cá! Um inferno!...
Figueiredo	Continua a amá-lo?
Lola	Sim, continuo, porque a primeira dúzia, pelo menos até a última vez que lhe falei, não tinha ainda falhado; mas como não o vejo há muitos dias, receio que a sorte afinal se cansasse.
Figueiredo	Então o seu amor regula-se pelos caprichos da bola da roleta?
Lola	É como diz. Ah! Eu cá sou franca!
Figueiredo	Vê-se!

Coplas

I

Lola

Este afeto incandescente
Pela bola se regula
Que vertiginosamente
Na roleta salta e pula!

Figueiredo

Vossemecê o moço estima
Dando a bola de um a doze;
Mas de treze para cima
Ce n'est pas la même chose!

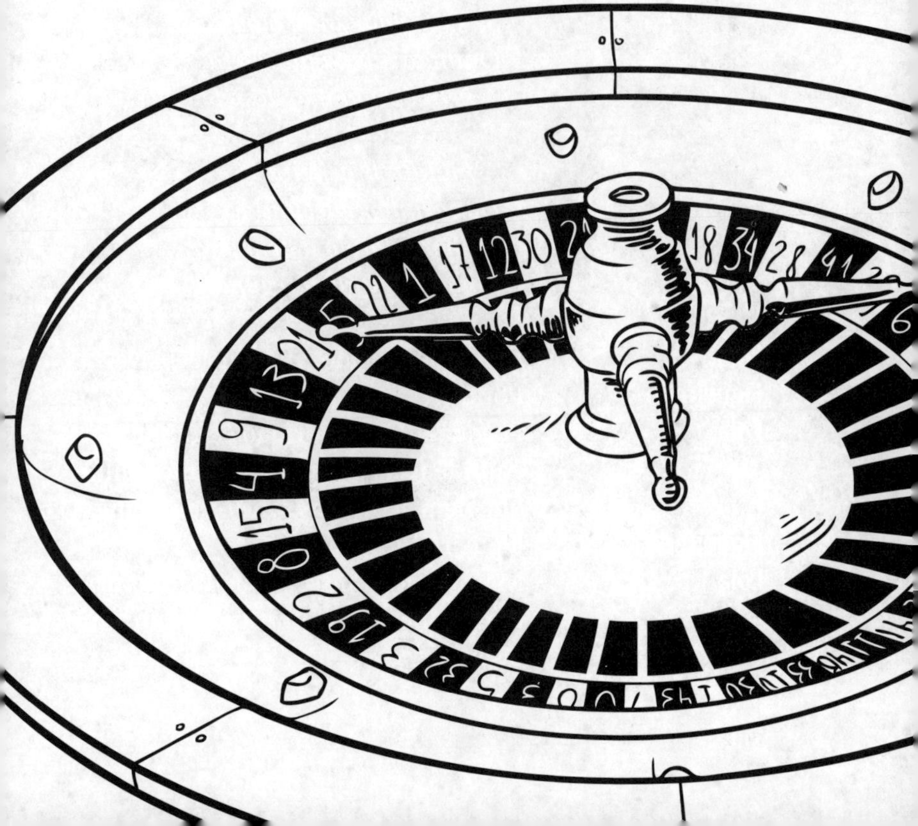

II

Figueiredo
É Gouveia um bom pateta
Se supõe que inda o quisesse
Quando a bola da roleta
A primeira já não desse!

A mulata brasileira
De carinhos é fecunda,
Embora dando a primeira,
Embora dando a segunda!

Lola E, por outro lado, ando apreensiva...
Figueiredo Por quê?
Lola Porque... O senhor não estranhe estas confidências por parte de uma mulher que nem ao menos sabe o seu nome.
Figueiredo Figueiredo...
Lola Mas, como já disse, a sua fisionomia é tão insinuante... Simpatizo muito com o senhor.

Figueiredo	Creia que lhe pago na mesma moeda. Digo-lhe mais: se eu não tivesse a minha especialidade... (*À parte.*) Deixem lá! Se o moreno fosse mais carregado...
Lola	Ando apreensiva porque a Mercedes me contou que há dias viu o Gouveia no teatro com uma família que pelos modos parecia gente da roça... E ele conversava muito com uma moça que não era nada feia... Tenho eu que ver se o tratante se apanha com uma boa bolada, arranja casório e eu fico a chuchar no dedo!
Figueiredo	(*À parte.*) Ela exprime-se com muito elegância!
Lola	Dos homens tudo há que esperar!
Figueiredo	Tudo, principalmente quando dá a primeira dúzia.
Lola	(*Estendendo a mão que ele aperta.*) Adeus, Figueiredo.
Figueiredo	Adeus... Como te chamas?
Lola	Lola.
Figueiredo	Adeus, Lola.
Lola	(*Com uma ideia.*) Ah! Uma coisa: você é homem que vá a uma festa?
Figueiredo	Conforme.
Lola	Eu faço anos sábado...
Figueiredo	Este agora?
Lola	Não; o outro.
Figueiredo	Sábado de aleluia?

Lola	Sábado de aleluia, sim. Faço anos e dou um baile à fantasia.
Figueiredo	Bravo! Não faltarei!
Lola	Contanto que vá fantasiado! Se não vai, não entra!
Figueiredo	Irei fantasiado.
Lola	Aqui tem você a minha morada. (*Dá-lhe um cartão.*)
Figueiredo	Aceito como muito prazer, mas olhe que não vou sozinho...
Lola	Vai com quem quiseres.
Figueiredo	Levo comigo uma trigueira que estou lançando e que precisa justamente de ocasiões como essa para civilizar-se.
Lola	Aquela casa é tua, meu velho! (*Vendo Gouveia que entra do outro lado, cabisbaixo, e não repara nela.*) Olha quem vem ali!
Figueiredo	Quem?
Lola	Aquele é que é o Gouveia.
Figueiredo	Ah! É aquele?... Conheço-o de vista... É um moço do comércio.
Lola	Foi. Hoje não faz outra coisa senão jogar. Mas como está cabisbaixo e pensativo! Querem ver que a primeira dúzia...
Figueiredo	Adeus! Deixo-te com ele. Até sábado de aleluia!
Lola	Não faltes, meu velho! (*Apertam-se as mãos.*)
Figueiredo	(*À parte.*) Dir-se-ia que andamos juntos na escola! (*Sai.*)

Cena IV (Lola, Gouveia)

Gouveia (*Descendo cabisbaixo ao proscênio.*) Há três dias dá a segunda dúzia... Consultei hoje a escrita: perdi em noventa e cinco bolas o que tinha ganho em perto de mil e duzentas! Decididamente aquele famoso padre do Pará tinha razão quando dizia que não se deve apontar a roleta nem com o dedo, porque o próprio dedo pode lá ficar!

Lola (*À parte, do outro lado.*) Fala sozinho!

Gouveia Hei de achar a forra! O diabo é que fui obrigado a pôr as joias no prego. Venho neste instante da casa do judeu. É sempre pelas joias que começa a esbodegação...

Lola (*À parte.*) Continua... Aquilo é coisa...

Gouveia Com certeza vão dar por falta dos meus brilhantes... Pobre Quinota! Se ela soubesse! Ela, tão simples, tão ingênua, tão sincera!

Lola (*Aproximando-se inopinadamente.*) Tu estás maluco?

Gouveia Hein?... Eu... Ah! És tu? Como vais?...

Lola	Estavas falando sozinho?
Gouveia	Fazendo uns cálculos...
Lola	Aconteceu-te alguma coisa desagradável? Tu não estás no teu natural!
Gouveia	Sim... Aconteceu-me... Fui roubado... Um gatuno levou as minhas joias... E eu estava aqui planejando deixar hoje a primeira dúzia e atacar dois esguichos, o esguicho de 7 a 12 e o esguicho de 25 a 30, a dobrar, a dobrar!
Lola	(*Num ímpeto.*) A primeira dúzia falhou?
Gouveia	Falhou... (*A gesto de Lola.*) Mas descansa: eu já a tinha abandonado antes que ela me abandonasse.
Lola	Tens então continuado a ganhar?
Gouveia	Escandalosamente!
Lola	Ainda bem, porque sábado de aleluia faço anos...
Gouveia	É verdade... fazes anos no sábado de aleluia...
Lola	É preciso gastar muito dinheiro! Tenho te procurado um milhão de vezes! No hotel dizem-me que lá nem apareces!
Gouveia	Exageração.
Lola	E outra coisa: quem era uma família com quem estavas uma noite destas no S. Pedro? Uma família da roça?
Gouveia	Quem te disse?
Lola	Disseram-me. Que gente é essa?
Gouveia	Uma família muito respeitável que eu conheci quando andei por Minas.
Lola	Gouveia, Gouveia, tu enganas-me!

Gouveia	Eu? Oh! Lola! Nunca te autorizei a duvidares de mim!...
Lola	Nessa família há uma moça que... Oh! O meu coração adivinha uma desgraça, e... (*Desata a chorar.*)
Gouveia	(*À parte.*) É preciso, realmente, que ela me ame muito, para ter um pressentimento assim! (*Alto.*) Então? Que é isso? Não chores! Vê que estamos na rua!...
Lola	(*À parte.*) Pedaço d'asno!
Gouveia	Eu irei logo lá à casa, e conversaremos.
Lola	Não! Não te deixo! Hás de ir agora comigo, hás de acompanhar-me, senão desapareces como aquela vez, no largo da Carioca!
Gouveia	Mas...
Lola	Ou tu me acompanhas, ou dou um escândalo!
Gouveia	Bom, bom, vamos. Tens aí o carro?
Lola	Não, que o Lourenço, coitado, foi passar uns dias em Caxambu. Vamos a pé. Bem sei que tu tens vergonha de andar comigo em público, mas isso são luxos que deves perder!
Gouveia	Vamos! (*À parte.*) Hei de achar meio de escapulir...
Lola	Vamos! (*À parte.*) Ou eu me engano, ou está liquidado! (*Afastam-se. Entram pelo outro lado Eusébio, Fortunata e Quinota, que os veem sem serem vistos por eles.*)

Cena V (*Eusébio, Fortunata, Quinota*)

Fortunata — Olhe. Lá vai! É ele! É seu Gouveia com a mesma espanhola com quem estava aquela noite no jardim do Recreio! (*Correndo a gritar.*) Seu Gouveia! Seu Gouveia!...

Eusébio — (*Agarrando-a pela saia.*) Ó senhora! Não faça escândalo! Que maluquice de *muié*!...

Quinota — (*Abraçando o pai, chorosa.*) Papai, eu sou muito infeliz!

Eusébio — Aqui está! É o que a senhora queria!

Fortunata — Aquilo é um desaforo que eu não posso *admiti*! O diabo do *home* é noivo de nossa filha e anda por toda a parte *cuma* pelintra!

Eusébio — Que pelintra, que nada!... Não acredita, *fia* da minha *bença*. É uma prima dele. Coitadinha! Chorando! (*Beija-lhe os olhos.*)

Quinota — Eu gosto tanto daquele ingrato!

Eusébio	Ele também gosta de ti... e há de *casá* contigo... e há de *sê* um bom marido!
Fortunata	(*Puxando Eusébio de lado.*) É *perciso* que você tome uma *porvidência quaqué*, seu . Eusébio – senão, faço estralada!...
Eusébio	(*Baixo.*) Descanse... Eu já tomei informação... Já sei onde mora essa espanhola... Agora mesmo vou *procurá* ela. *Vá* as duas. Vá pra casa! Eu já vou.
Fortunata	E Juquinha? Por onde anda aquele menino?
Eusébio	Deixe, que o pequeno não se perde... Está lá no tal Belódromo, aprendendo a *andá* naquela coisa... *Cumo* chama?
Quinota	Bicicleta.
Eusébio	É. Diz que é bom pra *desenvorvê* os *músquios!*
Fortunata	*Desenvorvê* a vadiação, é que é!
Quinota	Ele é tão criança!
Eusébio	Deixa o menino se *adiverti*. Vão pra casa.
Quinota	Lá vamos para aquele forno!
Eusébio	Tem paciência, Quinota! Enquanto não se arranja coisa *mió*, a gente deve se *contentá* c'aquele *sote*.
Fortunata	*Vamo*, Quinota!
Quinota	Não se demore, papai!
Eusébio	Não.
Fortunata	(*Saindo.*) Eu *tô* mas é doida pra me *apanhá* na fazenda! (*Eusébio leva as senhoras até o bastidor e, voltando-se, vê pelas costas Benvinda.*)

Cena VI (Eusébio, Benvinda)

Benvinda (*Consigo.*) Parece que assim o meu *andá tá* direito...

Eusébio (*Consigo.*) Xi que tentação! (*Seguindo Benvinda.*) Psiu!... Ó dona... Dona!...

Benvinda (*À parte.*) Esta voz... (*Volta-se.*) Sinhô Eusébio!

Eusébio Benvinda!...

Benvinda (*Assestando o* face-en-main.) *Ó revoá.*

Eusébio A mulata de luneta, minha Nossa Senhora! Este mundo *tá* perdido!...

Benvinda (*Dando-se ares e sibilando os esses.*) Deseja alguma coisa? Estou às suas *ordes*!

Eusébio Ah! Ah! Ah! Que mulata pernóstica! Quem havia de *dizê*! Vem cá, diabo, vem cá; me conta tua vida!

Benvinda (*Mudando de tom.*) *Vamcê* não *tá* zangado comigo?

Eusébio Eu não! Tu era senhora do teu nariz! O que tu podia *tê* feito era se *despedi* da gente... Dona Fortunata não te perdoa! E seu *Borge* quando *soubé*, há de *ficá* danado, porque ele gosta de ti.

Benvinda Se ele gostasse de mim, tinha se casado comigo.

Eusébio Ele um dia me deu a *entendê* que se eu te desse um dote...

Benvinda *Vamcês* ainda *mora* no *hoté*?

Eusébio Não. Nós *mudemo* para um *sote* da rua dos *Inválio. Paguemo* sessenta *mi-réis.*

Benvinda Seu Gouveia já apareceu?

Eusébio	Apareceu e tudo *tá* combinado... (*À parte.*) O diabo é a espanhola!
Benvinda	Sinhá? Nhanhã? Nhô Juquinha? Tudo *tá* bom?
Eusébio	Tudo! Tudo *tá* bom!
Benvinda	Nhô Juquinha, eu vejo ele às *vez passá* na rua do Lavradio... com outros *menino*...
Eusébio	*Tá* aprendendo a *andá* no... n... nesses *carro* de duas *roda*, uma atrás outra adiante, que a gente trepa em cima e tem um nome esquisito...
Benvinda	Eu sei.
Eusébio	E tu, mulata?
Benvinda	Eu *tô* com seu Figueiredo.
Eusébio	Sei lá quem é seu Figueiredo.
Benvinda	*Tou* morando na rua do Lavradio, canto da rua da Relação. (*Assestando o face-en-main.*) Se *quisé aparecê* não faça cerimônia. (*Sai requebrando-se.*) Ó *revoá*!
Eusébio	Aí, mulata!

Cena VII (*Eusébio, depois Juquinha*)

Eusébio O *curpado* fui eu... Quando me *alembro* que seu *Borge* queria *casá* com ela... Bastava um dote, *quaqué* coisa... dois ou três *conto* de réis... Mas deixa *está*: ele não sabe de nada, e *tarvez* que a coisa ainda se arranje. Quem não sabe é como quem não vê. (*Vendo passar Juquinha montado numa bicicleta.*) Eh! Juquinha... Menino, vem cá!

Juquinha Agora não posso, não, sinhô! (*Desaparece.*)

Eusébio Ah! Menino! Espera lá! (*Corre atrás do Juquinha. Gargalhada dos circunstantes. Mutação.*)

Quadro VI

(Saleta em casa de Lola.)

Cena I (Lola e Gouveia)

(Lola entra furiosa. Traz vestida uma elegante bata. Gouveia acompanha-a. Vem vestido de Mefistófeles.[2])

Lola

Não! Isto não se faz! E o senhor escolheu o dia dos anos para me fazer essa revelação! Devia esperar pelo menos que acabasse o baile! Com que mau humor vou agora receber os meus convidados! (*Caindo numa cadeira.*) Oh! Os meus pressentimentos não enganavam!...

Gouveia

Esse casamento é inevitável; quando estive em São João do Sabará, comprometi-me com a família de minha noiva e não posso faltar à minha palavra!

Lola

Mas por que não me disse nada? Por que não foi franco?

Gouveia

Supus que essa dívida tivesse caído em exercícios findos; mas a pequena teve saudades minhas, e tanto fez, tanto chorou, que o pai se viu obrigado a vir procurar-me! Como vês, é uma coisa séria!

---

2. Personagem satânico da Idade Média, conhecido como uma das encarnações do mal. (N. da E.)

Lola

Mas o senhor não pode procurar um subterfúgio qualquer para evitar esse casamento? Que ideia é essa de se casar agora que está bem, que tem sido feliz no jogo? E eu? Que papel represento eu em tudo isto?

Gouveia

(*Puxando uma cadeira.*) Lola, vou ser franco, vou dizer-te toda a verdade. (*Senta-se.*) Há muito tempo não faço outra coisa senão perder... O outro dia tive uma aragem passageira, um sopro de fortuna, que serviu apenas para pagar as despesas da tua festa de hoje e mandar fazer esta roupa de Mefistófeles! Estou completamente perdido! As minhas joias não foram roubadas, como eu te disse. Deitei-as no prego e vendi as cautelas. Para fazer dinheiro, eu, que aqui vês coberto de seda, tenho vendido até a roupa do meu uso... Nessas casas de jogo já não tenho a quem pedir dinheiro emprestado. Os banqueiros olham-me por cima dos ombros, porque eu tornei-me um piaba... Sabes o que é um piaba? É um sujeito que vai jogar com muito pouco bago. Estou completamente perdido!

Lola	(*Erguendo-se.*) Bom. Prefiro essa franqueza. É muito mais razoável.
Gouveia	(*Erguendo-se.*) Esse casamento é a minha salvação; eu...
Lola	Não precisa dizer mais nada. Agora sou eu a primeira a aconselhar-te que te cases, e quanto antes melhor...
Gouveia	Mas, minha boa Lola, eu sei que com isso vais padecer bastante, e...
Lola	Eu? Ah! Ah! Ah! Ah!... Só esta me faria rir!... Ah! Ah! Ah! Ah!... Sempre me saíste um grande tolo! Pois entrou-te na cabeça que eu algum dia quisesse de ti outra coisa que não fosse o teu dinheiro?
Gouveia	(*Horrorizado.*) Oh!
Lola	E realmente supunhas que eu te tivesse amor?
Gouveia	(*Caindo em si.*) Compreendo e agradeço o teu sacrifício, minha boa Lola. Tu estás a fingir uma perversidade e um cinismo que não tens, para que eu saia desta casa sem remorsos! Tu és a Madalena, de Pinheiro Chagas!
Lola	E tu és um asno! O que te estou dizendo é sincero! Estava eu bem aviada se me apaixonasse por quem quer que fosse!
Gouveia	Dar-se-á caso que te saíssem do coração todos aqueles horrores?

Lola — Do coração? Sei lá o que isso é. O que afianço é que sou tão sincera, que me comprometo a amar-te ainda com mais veemência que da primeira vez no dia em que resolveres dar cabo do dote da tua futura esposa!

Gouveia — (*Com uma explosão.*) Cala-te, víbora danada! Olha que nem o jogo, nem os teus beijos me tiraram totalmente o brio! Eu posso fazer-te pagar bem caro os teus insultos!

Lola — Ora, vai te catar! Se julgas amedrontar-me com esses ares de galã de dramalhão, enganas-te redondamente! Depois, repara que estás vestido de Mefistófeles! Esse traje prejudica os teus efeitos dramáticos! Vai, vai ter com a tua roceira. Casem-se, sejam muito felizes, tenham muitos Gouveiazinhos, e não me amoles mais! (*Gouveia avança, quer dizer alguma coisa, mas não acha uma palavra. Encolhe os ombros e sai.*)

Cena II (Lola, depois, Lourenço)

Lola — (*Só.*) Faltou-lhe uma frase, para o final da cena – coitado! A respeito de imaginação, este pobre rapaz foi sempre uma lástima! Os homens não compreendem que o seu único atrativo é o dinheiro! Este pascácio devia ser o primeiro a fazer uma retirada em regra, e não se sujeitar a tais sensaborias! Bastavam quatro linhas pelo correio. Oh! Também a mim, quando eu ficar velha e feia, ninguém me há de querer! Os homens têm o dinheiro, nós temos a beleza; sem aquele e sem esta, nem eles nem nós valemos coisa nenhuma. (*Entra Lourenço, trajando uma libré de cocheiro. Vem a rir-se.*)

Lourenço — Que foi aquilo?

Lola — Aquilo quê?

Lourenço — O Gouveia! Veio zunindo pela escada abaixo e, no saguão, quando eu me curvei respeitosamente diante dele, mandou-me ao diabo, e foi pela rua fora, a pé, vestido de Satanás de mágica! Ah! Ah! Ah!

Lola — Daquele estou livre!

Lourenço — Eu não dizia a você? Aquilo é bananeira que já deu cacho!

Lola — Que vieste fazer aqui? Não te disse que ficasses lá embaixo?

Lourenço	Disse, sim, mas é que está aí um matuto, pelos modos fazendeiro, que deseja falar a você.
Lola	A ocasião é imprópria. São quase horas, ainda tenho que me vestir!
Lourenço	Coitado! O pobre-diabo já aqui veio um ror de vezes a semana passada, e parece ter muito interesse nesta visita. Demais... você bem sabe que nunca se manda embora um fazendeiro.
Lola	Que horas são?
Lourenço	Oito e meia. Já estão na sala alguns convidados.
Lola	Bem! Num quarto de hora eu despacho esse matuto. Faze-o entrar.
Lourenço	É já. (*Sai assoviando.*)
Lola	(*Só.*) Como anda agora lépido o Lourenço! Voltou de Caxambu que nem parece o mesmo! Ele tem razão: um fazendeiro nunca se manda embora.
Lourenço	(*Introduzindo Eusébio muito corretamente.*) Tenha vossa excelência a bondade de entrar. (*Eusébio entra muito encafifado e Lourenço sai fechando a porta.*)

Cena III (Lola, Eusébio)

Eusébio Boa *nôte*, madama! Deus esteja nesta casa!

Lola Faz favor de entrar, sentar-se e dizer o que deseja. (*Oferece-lhe uma cadeira. Sentam-se ambos.*)

Eusébio Na *sumana* passada eu *precurei* a madama um bandão de *vez* sem conseguir *le falá*...

Lola E por que não veio esta semana?

Eusébio Dona Fortunata não quis, por *sê sumana* santa... Eu então esperei que rompesse as *aleluia*! (*Uma pausa.*) Eu pensei que a madama embrulhasse língua comigo, e eu não entendesse nada que a madama dissesse, mas *tô* vendo que fala muito bem o português...

Lola Eu sou espanhola e... o senhor sabe... o espanhol parece-se muito com o português; por exemplo: *hombre*, homem; *mujer*, mulher.

Eusébio (*Mostrando o chapéu que tem na mão.*) E como é chapéu, madama?

Lola *Sombrero.*

Eusébio E guarda-chuva?

Lola *Paraguas.*

Eusébio É! Parece quase a mesma coisa! E cadeira?

Lola *Silla.*

Eusébio E janela?

Lola	*Ventana.*
Eusébio	Muito parecida!
Lola	Mas, perdão, creio que não foi para aprender espanhol que o senhor veio à minha casa...
Eusébio	Não, madama, não foi para *aprendê* espanhol: foi para *tratá* de coisa *munto* séria!
Lola	De coisa séria? Comigo! É esquisito!...
Eusébio	Não é esquisito, não madama; eu sou o pai da noiva de seu Gouveia!...
Lola	Ah!
Eusébio	*Cumo* minha *fia* anda *munto* desgostosa *pru* via da madama, eu me *alembrei* de *vi* na sua casa para *sabê*... sim, para *sabê* se é *possive* a madama se *separá* de seu Gouveia. Se *fô possive, munto* que bem; se não *fô*, paciência: a gente arruma as *mala*, e *amenhã memo vorta* pra fazenda. Minha *fia* é bonita e é rica: não há de *sê* defunto sem choro!...
Lola	Compreendo: o senhor vem pedir a liberdade de seu futuro genro!
Eusébio	Sim, madama; eu quero o moço livre e desembaraçado de *quaqué* ônus! (*Lola levanta-se, fingindo uma comoção extraordinária; quer falar, não pode, e acaba numa explosão de lágrimas. Eusébio levanta-se.*) Que é isso? A madama *tá* chorando?!...

Lola — (*Entre lágrimas.*) Perder o meu adorado Gouveia! Oh! O senhor pede-me um sacrifício terrível! (*Pausa.*) Mas eu compreendo... Assim é necessário... Entre a mulher perdida e a menina casta e pura; entre o vício e a virtude, é o vício que deve ceder... Mas o senhor não imagina como eu amo aquele moço e quantas lágrimas preciso verter para apagar a lembrança do meu amor desgraçado! (*Abraça Eusébio, escondendo o rosto nos ombros dele, e soluça.*) Sou muito infeliz!

Eusébio — (*Depois de uma pausa, em que faz muitas caretas.*) Então, madama?... Sossegue... A Madama não perde nada... (*À parte.*) Que cangote cheiroso!...

Lola — (*Olhando para ele, sem tirar a cabeça do ombro.*) Não perco nada? Que quer o senhor dizer com isso!

Eusébio — Quero *dizê* que... sim... quero *dizê*... *Home*, madama, tira a cabeça daí, porque assim eu não acerto *cas* palavras!

Lola — (*Sem tirar a cabeça.*) Sim, a minha porta se fechará ao Gouveia... Juro-lhe que nunca mais o verei... Mas onde irei achar consolação?... Onde encontrarei uma alma que me compreenda, um peito que me abrigue, um coração que vibre harmonizado com o meu?

Eusébio — Nós *podemo entrá* num ajuste.

Lola	(*Afastando-se dele com ímpeto.*) Um ajuste?! Que ajuste?! O senhor quer talvez propor-me dinheiro!... Oh! Por amor dessa inocente menina, que é sua filha, não insulte, senhor, os meus sentimentos, não ofenda o que eu tenho de mais sagrado!...
Eusébio	(*À parte.*) É um pancadão! Seu Gouveia teve bom gosto!...
Lola	O senhor quer que eu deixe o Gouveia porque sua filha o ama e é amada por ele, não é assim? Pois bem: é seu o Gouveia; dou-lho, mas dou-lho de graça, não exijo a menor retribuição!
Eusébio	Mas o que vinha *propô* à madama não era um pagamento, mas uma... *Cumo* chama aquilo que se falou *cando* foi o 13 de Maio? Uma... Ora, sinhô! (*Lembrando-se.*) Ah! Uma indenização! O caso muda muito de figura!

Lola	Não! Nenhuma indenização pretendo! Mas de ora em diante fecharei o meu coração aos mancebos da capital, e só amarei (*enquanto fala vai arranjando o laço da gravata e a barba de Eusébio*) algum homem sério... de meia-idade... filho do campo... ingênuo... sincero... incapaz de um embuste... (*Alisando-lhe o cabelo.*) Oh! Não exigirei que ele seja belo... Quanto mais feio for, menos ciúmes terei! (*Eusébio cai como desfalecido numa cadeira, e Lola senta-se no colo dele.*) A esse hei de amar com frenesi... com delírio!... (*Enche-o de beijos.*)
Eusébio	(*Resistindo e gritando.*) Eu quero í me embora! (*Ergue-se.*)
Lola	Cala-te, criança louca!...
Eusébio	Criança louca! Uê!...
Lola	(*Com veemência.*) Desde que transpuseste aquela porta, senti que uma força misteriosa e magnética me impelia para os teus braços! Ora o Gouveia! Que me importa a mim o Gouveia se és meu, se estás preso pela tua Lola, que não te deixará fugir?
Eusébio	Isso tudo é verdade?
Lola	Estes sentimentos não se fingem! Eu adoro-te!
Eusébio	Eu me conheço... já sou um *home* de idade... não sei *falá* como os *doutô* da *Capitá Federá*...

Lola	Mas é isso mesmo o que mais me encanta na tua pessoa!
Eusébio	Quando a esmola é *munta*, o pobre desconfia.
Lola	Põe à prova o meu amor! Já te não sacrifiquei o Gouveia?
Eusébio	Isso é verdade.
Lola	Pois sacrifico-te o resto!... Queres que me desfaça de tudo quanto possuo, e que vá viver contigo numa ilha deserta?... Oh! Bastam-me o teu amor e uma choupana! (*Abraça-o.*) Dá-me um beijo! Dá-mo como um presente do céu! (*Eusébio limpa a boca com o braço e beija-a.*) Ah! (*Lola fecha os olhos e fica como num êxtase.*)
Eusébio	(*À parte.*) Seu Eusébio *tá* perdido! (*Dá-lhe outro beijo.*)
Lola	(*Sem abrir os olhos.*) Outro... outro beijo ainda... (*Eusébio beija-a e ela afasta-se, esfregando os olhos.*) Oh! Não será isto um sonho?
Eusébio	Bom, madama, com sua licença: eu vou-me embora...
Lola	Não; não consinto! Faço hoje anos e dou uma festa. A minha sala já está cheia de convidados.
Eusébio	Ah! Por isso é que, quando eu entrei, *subia* uns *mascarado*...
Lola	Sim; é um baile à fantasia. Precisas de um vestuário.

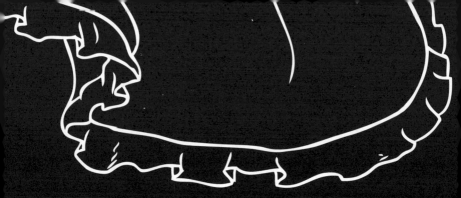

Eusébio	Que vestuário, madama?
Lola	Espera. Tudo se arranjará. (*Vai à porta.*) Lourenço!
Eusébio	Que vai *fazê*, madama?
Lola	Vais ver.

Cena IV (Os mesmos, Lourenço)

Lola	(*A Lourenço que se apresenta muito respeitosamente.*) Vá com este senhor a uma casa de alugar vestimentas à fantasia a fim de que ele se prepare para o baile.
Eusébio	Mas...
Lola	(*Súplice.*) Oh! Não me digas que não! (*A Lourenço.*) Dê ordem ao porteiro para não deixar entrar o senhor Gouveia. Esse moço morreu para mim!
Lourenço	(*À parte.*) Que diabo disto será aquilo?
Lola	(*Baixo a Eusébio.*) Estás satisfeito? (*Antes que ele responda.*) Vou preparar-me também. Até logo! (*Sai pela direita.*)

Cena V (*Eusébio, Lourenço*)

Eusébio   (*Consigo.*) Sim, sinhô; isto é o que se chama *vi buscá* lã *e saí* tosquiado! Se dona Fortunata soubesse... (*Dando com o Lourenço.*) Vamos lá, seu... *cumo* o sinhô se chama?

Lourenço   Lourenço, para servir a vossa excelência.

Eusébio   Vamos lá, seu Lourenço... (*Sem arredar pé de onde está.*) Isto é o diabo! Enfim!... Mas que espanhola danada! (*Encaminha-se para a porta e faz lugar para Lourenço passar.*) Faz *favô*!

Lourenço   (*Inclinando-se.*) Oh! Meu senhor... Isso nunca... Eu, um cocheiro!... Então? Por obséquio!

Eusébio   Passe, seu Lourenço, passe, que o sinhô é de casa e está fardado! (*Lourenço passa e Eusébio acompanha-o. Mutação.*)

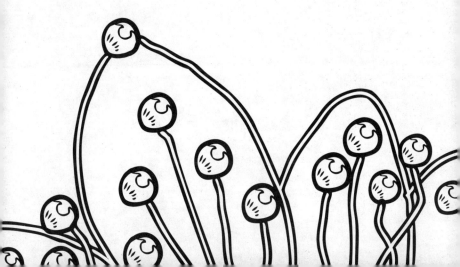

Quadro VII
(Rico salão de baile profusamente iluminado.)

Cena I (Rodrigues, Dolores, Mercedes, Blanchette, convidados)

(Estão todos vestidos à fantasia.)

Coro

Que lindo baile! Que bela festa!
Luzes e flores em profusão!
A nossa Lola não é modesta!
Eu sinto aos pulos o coração!

**Mercedes, Dolores
e Blanchette**

Senhores e senhoras
Divirtam-se a fartar!
Alegremente as horas
Vejamos deslizar!
A mocidade é sonho
Esplêndido e risonho

Que rápido se esvai;
Portanto, a mocidade
Com voluptuosidade
Depressa aproveitai!

Blanchette

Dancemos, que a dança,
Se o corpo nos cansa,
A alma nos lança
Num mundo melhor!

Dolores	*Bebamos, que o vinho,* *Com doce carinho,* *Nos mostra o caminho* *Fulgente do amor!*
Mercedes	*Amemos, embora* *Chegadas à hora* *Da fúlgida aurora,* *Deixemos de amar!* *Que em nós os amores,* *Tal como nas flores* *Perfumes e cores,* *Não possam durar!*
As três	*Dancemos! Bebamos! Amemos!*
Rodrigues	(*Que está vestido de arlequim.*) Então? Que me dizem desta fantasia? Vocês ainda não me disseram nada!...
Mercedes	Deliciosa!
Dolores	Magnífica.
Blanchette	*Épatante*!
Rodrigues	Saiu baratinha, porque foi feita em casa pelas meninas. Como sabem, sou o homem da família.
Mercedes	Você confessou em casa que vinha ao baile da Lola?
Rodrigues	Não, que isso talvez aborrecesse minha senhora. Eu disse-lhe que ia a um baile dado em Petrópolis pelo Ministro Inglês...
Todas	Ah! Ah! Ah!...

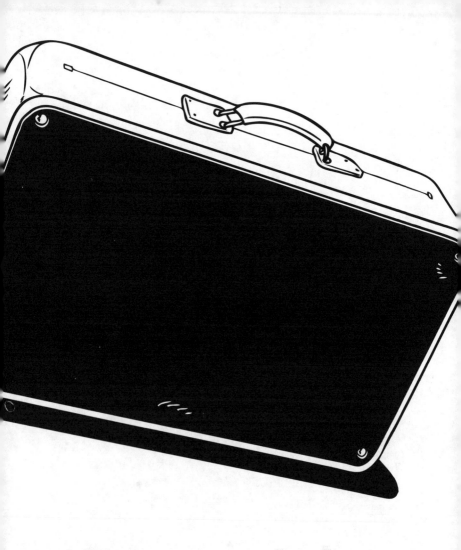

Rodrigues	(*Continuando.*) ...baile a que não podia faltar por amor de uns tantos interesses comerciais...
Blanchette	Ah! Seu patife!
Dolores	De modo que, neste momento, a sua pobre senhora julga-o em Petrópolis.

Rodrigues	(*Confidencialmente, muito risonho.*) Saí hoje de casa com a minha bela fantasia dentro de uma mala de mão, e fingi que ia tomar a barca das quatro horas. Tomei mas foi um quarto do hotel, onde o austero negociante jantou e onde à noite se transformou no polícromo arlequim que estão vendo – e depois, metendo-me num carro fechado, voei a esta deliciosa mansão de encantos e prazeres. Tenho por mim toda a noite e parte do dia de amanhã, pois só tenciono voltar à tardinha. Ah! Não imaginam vocês com que saudade estou da família, e com que satisfação abraçarei a esposa e os filhos quando vier de Petrópolis!
Mercedes	Você é na realidade um pai de família modelo!
Dolores	Um exemplo de todas as virtudes!
Blanchette	Esse vestuário de arlequim não lhe fica bem! Você devia vestir-se de Catão!
Rodrigues	Trocem à vontade, mas creiam que não há no Rio de Janeiro um chefe de família mais completo do que eu. (*Afastando-se.*) Em minha casa não falta nada. (*Afasta-se.*)
Mercedes	Nada, absolutamente nada, a não ser o marido.
Dolores	É um grande tipo.
Blanchette	E a graça é que a senhora paga-lhe na mesma moeda!

Mercedes	É mais escandalosa que qualquer de nós.
Dolores	Não quero ser má língua, mas há dias encontrei-a num bonde da Vila Isabel muito agarradinha ao Lima Gama!
Blanchette	Aqueles bondes da Vila Isabel são muito comprometedores.
Rodrigues	(*Voltando.*) Que estão vocês aí a cochichar?
Mercedes	Falávamos da vida alheia.
Blanchette	Dolores contava que há dias encontrou num bonde da Vila Isabel uma senhora casada que mora em Botafogo.
Rodrigues	Isso não tira! Talvez fosse ao Jardim Zoológico.
Dolores	Talvez; mas o leão ia ao lado dela no bonde...
Rodrigues	Há, efetivamente, senhoras casadas que se esquecem do decoro que devem a si e à sociedade!
As três	(*Com convicção.*) Isso há...
Rodrigues	Por esse lado posso levantar as mãos para o céu! Tenho uma esposa virtuosa!
Mercedes	Deus lha conserve tal qual tem sido até hoje.
Rodrigues	Amém.
Blanchette	E Lola que não aparece?
Dolores	Está se vestindo: não tarda.
Um convidado	Oh! Que bonito par vem entrando!
Todos	É verdade!
O convidado	Façamos alas para recebê-lo!
Rodrigues	Propomos que o recebamos com um rataplã!

Todos Apoiado! Um rataplã... (*Formam-se duas alas.*)

Coro *Rataplã! Rataplã! Rataplã!*
Oh, que elegância! Que lindo par!...
Todos os outros vêm ofuscar!

Cena II (Os mesmos, Figueiredo e Benvinda)

(Entra Figueiredo, vestido de Radamés, trazendo pela mão Benvinda, vestida de Aída.)

I

Figueiredo *Eis Aída,*
Conduzida
Pela mão de Radamés
Vem chibante,
Coruscante,
Da cabeça até os pés!...
Que lindeza!
Que beleza!
Meus senhores aqui está
A trigueira
Mais faceira
De São João do Sabará!

Coro *A trigueira etc...*

II

Figueiredo	*Diz tolices,*
	Parvoíces,
	Se abre a boca pra falar;
	Se se cala
	Se não fala,
	Pode as pedras encantar!
	Eu a lanço
	Sem descanso!
	Na pontíssima estará
	A trigueira
	Mais faceira
	De São João do Sabará!
Coro	*A trigueira etc...*

Figueiredo — Minhas senhoras e meus senhores, apresento a vossas excelências e senhorias, dona Fredegonda, que – depois, bem entendido, das damas que se acham aqui presentes – é a estrela mais cintilante do *demi-monde* carioca!

Todos — (*Inclinando-se.*) Dona Fredegonda!

Figueiredo — (*Baixo a Benvinda.*) Cumprimenta.

Benvinda — *Ó revoá!*

Figueiredo — (*Baixo.*) Não. *Au revoir* é quando a gente vai se embora e não quando chega.

Benvinda — *Entonces...*

Figueiredo

(*Baixo.*) Cala-te! Não digas nada!... (*Alto.*) Convidado pela gentilíssima Lola para comparecer a este forrobodó elegante, não quis perder o magnífico ensejo, que se me oferecia, de iniciar a formosa Fredegonda nos insondáveis mistérios da galanteria fluminense! Espero que vossas excelências e senhorias queiram recebê-la com benevolência, dando o necessário desconto às clássicas emoções da estreia, e ao fato de ser dona Fredegonda uma simples roceira, quase tão selvagem como a princesa etíope que o seu vestuário representa.

Todos

(*Batendo palmas.*) Bravo! Bravo! Muito bem!

Blanchette

(*A Figueiredo.*) Descanse. A iniciação desta neófita fica por nossa conta. (*Às outras.*) Não é assim?

Dolores e Mercedes

Certamente. (*As três cercam Benvinda, que se mostra muito encafifada.*)

Figueiredo

(*Vendo Rodrigues aproximando-se dele.*) Oh! Que vejo! Você aqui!... Você, o homem da família, o moralista retórico e sentimental, o palmatória do mundo!...

Rodrigues

Sim... é que... são coisas... Estou aqui por necessidade... por incidente... por uma série de circunstâncias que... que...

Figueiredo

Deixe-se disso! Não há nada mais feio que a hipocrisia! Naquela tarde em que o encontrei no largo da Carioca, a mulata mostrou-me seu cartão de visitas...

Rodrigues	O meu?... Ah! Sim, dei-lhe o meu cartão... para...
Figueiredo	Para quê?
Rodrigues	Para...
Figueiredo	Olhe, cá entre nós que ninguém nos ouve: quer você tomar conta dela?
Rodrigues	Quê! Pois já se aborreceu?
Figueiredo	Todo o meu prazer é lançá-las, lançá-las, e nada mais. Você viu a *Mimi Bilontra*?
Rodrigues	Não.
Figueiredo	Mas sabe o que é lançar uma mulher?
Rodrigues	Nesses assuntos sou hóspede... Você sabe... Sempre fui um homem da família... Mas quer me parecer que lançar uma mulher é como quem diz atirá-la na vida, iniciá-la neste meio...
Figueiredo	Ah! Qui, qui! Infelizmente não creio que desta se possa fazer alguma coisa mais que uma boa companheira. É uma mulher que lhe convinha.
Rodrigues	Mas eu não preciso de companheira! Sou casado, e, graças a Deus, a minha santa esposa...
Figueiredo	(*Atalhando.*) E o cartão?
Rodrigues	Que cartão? Ah! Sim, o cartão do largo da Carioca... Mas eu não me comprometi a coisa nenhuma!
Figueiredo	Bom; então não temos nada feito... Mas veja lá! Se quer...
Rodrigues	Querer, queria... mas não com caráter definitivo!
Figueiredo	Ora vá pentear macacos!

(*Às últimas deixas, Eusébio tem entrado, vestido com uma dessas roupas que vulgarmente se chamam de princês. Eusébio aperta a mão aos convidados um por um. Todos se interrogam com os olhos admirados de tão estranho convidado.*)

Cena III (*Os mesmos, Eusébio*)

Eusébio	(*Depois de apertar a mão a muitos dos circunstantes.*) *Tá* tudo *oiando* uns pros outro, *admirado* de me *vê* aqui! Eu fui convidado pela madama dona da casa!
Benvinda	(*À parte.*) Sinhô Eusébio!...
Figueiredo	(*A quem Eusébio aperta a mão, à parte.*) Oh! Diabo! É o patrão da Benvinda!...
Blanchette	Donde saiu esta figura?
Dolores	É um homem da roça!
Blanchette	Não será um doido?
Eusébio	(*Indo apertar por último a mão de Benvinda, reconhecendo-a.*) Benvinda!
Benvinda	Ó revoá!
Figueiredo	(*À parte.*) E ela a dar-lhe!...
Eusébio	Tu também *tá* de fantasia, mulata! O mundo *tá* perdido!...
Benvinda	Eu vim com seu Figueiredo... mas *vancê* é que me admira!
Eusébio	Eu vim *falá ca* madama pro *mode* seu Gouveia... e ela me convidou pra festa... e eu tive que *alugá* esta vestimenta, mas vim de *tilbo* porque hoje é *sabo* de aleluia e eu não quero embrulho comigo!

145

Figueiredo	(*À parte.*) Oh! Bom! Foi o seu professor de português!
Benvinda	Se sinhá soubesse...
Eusébio	Cala a boca! Nem *pensá* nisso é *bão*! Mas onde *tá* o *tá* seu Figueiredo? Eu sempre quero *oiá* pra cara dele!
Benvinda	É aquele.
Eusébio	(*Indo a Figueiredo.*) Pois foi o sinhô que me desencaminhou a mulata? O sinhô, um *home* branco e que já começa a *pintá*? Agora me *alembro* de *vê* o sinhô lá no *hoté* só rondando a porta da gente!...
Figueiredo	Estou pronto a dar-lhe todas as satisfações em qualquer terreno que mas peça... Mas há de convir que este lugar não é o mais próprio para...
Eusébio	(*Atalhando.*) Ora viva! Eu não quero satisfação! A mulata não é minha *fia* nem parenta minha! Mas lá em São João do Sabará há um *home* chamado seu *Borge*, que se souber... Um! Um!... capaz de *vi* na *Capitá Federá*!
Figueiredo	Pois que venha!...
Mercedes	Aí chega a Lola!
Todos	Oh! A Lola!... Viva a Lola!... Viva!...

Cena IV (Os mesmos, Lola)

Coro Até que enfim Lola aparece!
Até que enfim Lola cá está!
Vem tão bonita que entontece!
Lola vem cá! Lola vem já!...

(*Lola entra ricamente fantasiada à espanhola.*)

Lola Querem todos ver a Lola!
Aqui está ela!

Coro Aqui está ela!

Lola Oh, que esplêndida manola
Não há mais bela!

Coro Não há mais bela!

Lola	*Vejam que graça* *Tem a manola!* *Não é chalaça!* *Não é parola!* *Como se agita!* *Como rebola!* *Isto os excita!* *Isto os consola!* *O olhar brejeiro* *De uma espanhola* *Do mais matreiro* *Transtorna a bola,* *E sem pandeiro,* *Nem castanhola!*
Coro	*Vejam que graça etc...* (Dança geral.)
Figueiredo	Gentilíssima Lola, permite que Radamés te apresente Aída!
Lola	Folgo muito de conhecê-la. Como se chama?
Benvinda	Benv... (*Emendando.*) Fredegonda.
Eusébio	(*À parte.*) Fredegonda? Uê! Benvinda mudou de nome!...
Figueiredo	Espero que lhe emprestes um raio da tua luz fulgurante!
Lola	Pode contar com a minha amizade.
Figueiredo	Agradece.
Benvinda	*Merci.*
Eusébio	(*À parte.*) Aí, mulata!...
Lola	(*Vendo Eusébio.*) Bravo! Não imagina como lhe fica bem essa fatiota!

Eusébio   Diz que é vestuário de conde.
Lola   Está irresistível!
Eusébio   Só a madama podia me *metê* nestas *fundura*!
Blanchette   (*A Lola.*) Onde foste arranjar aquilo?
Lola   Cala-te! É um tesouro, um roceiro rico... e primitivo!
Blanchette   Tiraste a sorte grande!
Lola   Meus amigos, espera-os na sala de jantar um ponche, um ponche monumental, que mandei preparar no intuito de animar as pernas para a dança e os corações para o amor!
Lola   Bravo! Bravo!...

Figueiredo	Um ponche! Nesse caso, é preciso apagar as luzes!
Lola	Já devem estar apagadas. (*A Eusébio.*) Fica. Preciso falar-te.
Mercedes	Ao ponche, meus senhores!
Lola	Ao ponche!...
Blanchette	(*A Lola.*) Não vens?
Lola	Vão indo. Eu já vou. Manda-me aqui algumas taças.
Dolores	Ao ponche!

Coro

Vamos ao ponche flamejante!
Vamos ao ponche sem tardar!
O ponche aquece um peito amante
E as cordas da alma faz vibrar!

(*Saem todos, menos Lola e Eusébio.*)

Cena V (*Eusébio, Lola*)

Lola	Oh! Finalmente estamos sós um instante!
Eusébio	(*Em êxtase.*) Como a madama *tá* bonita!
Lola	Achas?
Eusébio	Juro por esta luz que nos *alumeia* que nunca vi uma *muié* tão *fermosa*!...
Lola	Hei de pedir a Deus que me conserve assim por muito tempo para que eu nunca te desagrade! (*Entra Lourenço com uma bandeja cheia de taças de ponche chamejante.*)

Cena VI (Os mesmos, Lourenço)

Eusébio	Adeusinho, seu Lourenço. Como passou de *indagorinha* pra cá?
Lourenço	(*Imperturbável e respeitoso.*) Bem; agradecido a vossa excelência.
Lola	Deixe a bandeja sobre esta mesa e pode retirar-se. (*Lourenço obedece e vai a retirar-se.*)
Eusébio	Até logo, seu Lourenço. (*Aperta-lhe a mão.*)
Lourenço	Oh! Excelentíssimo! (*Faz uma mesura e sai, lançando um olhar significativo a Lola.*)
Lola	(*À parte.*) É um bruto!

Cena VII (Lola, Eusébio)

Eusébio	Este seu Lourenço é muito delicado. Arruma *incelência* na gente que é um gosto!
Lola	(*Oferecendo-lhe uma taça de ponche.*) À nossa saúde!
Eusébio	Bebida de fogo? Não! Não é o *fio* de meu pai!...
Lola	Prova, que hás de gostar. (*Eusébio prova.*) Então, que tal? (*Ele bebe toda a taça.*)
Eusébio	*Home*, é muito *bão*! *Cumo* chama isto?
Lola	Ponche.

Eusébio	Uê! Ponche não é aquela coisa que a gente veste *cando amonta* a cavalo?
Lola	Aqui tens outra taça.
Eusébio	Isto não faz *má*? Eu não tenho cabeça forte!
Lola	Podes beber sem receio.
Eusébio	Então à nossa, pra que Deus nos livre de alguma coça! (*Bebe.*)
Lola	Dize... dize que hás de ser meu... dá-me a esperança de ser um dia amada por ti!...
Eusébio	Eu já gosto de madama *cumo* quê!
Lola	Não digas a madama. Trata-me por tu.
Eusébio	Não me ajeito... Pode *sê* que *despois*...
Lola	Depois do quê?
Eusébio	(*Com riso tolo e malicioso.*) Ah! Ah!
Lola	(*Dando-lhe outra taça.*) Bebe!
Eusébio	Ainda?
Lola	Esgotemos juntos esta taça! (*Bebe um gole e dá a taça a Eusébio.*)
Eusébio	Vou *sabê* dos seus *segredo*. (*Bebe.*)
Lola	E eu dos teus. (*Bebe.*) Oh! O teu segredo é delicioso... Tu gostas muito de mim... da tua Lola... mas receias que eu não seja sincera... Tens medo de que eu te engane...
Eusébio	(*Indo a dar um passo e cambaleando.*) Minha Nossa Senhora! Eu *tou* fora de mim! Parece que *tou* sonhando!... O *tá* ponche tem feitiço... mas é *bão*... é muito *bão*!... Quero mais!

Dueto

Lola
Dize mais uma vez! Dize que me amas!

Eusébio
Eu já disse e arrepito!

Lola
O coração me inflama!
Vem aos meus braços! Vem!
Assim como eu te amo, ai! Nunca
amei ninguém!
Se deste afeto duvidas,
Se me imaginas perjura,
Com essas mãos homicidas
Me cavas a sepultura!
Será o golpe certeiro,
A morte será horrenda!
Tu és o meu fazendeiro!
E eu sou a tua fazenda!

Eusébio
Se é moda a bebedeira, tou *na moda,*
Pois vejo toda a casa andando à roda!

Lola
Bebe ainda uma taça
Agora pode ser que bem te faça.

Eusébio
(Depois de beber.) *Não posso mais!*
(Atira a taça.) *Oh, Lola, eu* tou *perdido!*

Lola
Vem cá, meu bem querido!

(*Juntos e ao mesmo tempo.*)

Lola *Vem aos meus braços,*
Eusébio, vem!
Os meus abraços
Te fazem bem!

Eusébio *Tou nos seus braço!*
Aqui me tem!
Mas os abraço
Não me faz bem!

Eusébio Oh! *Tou cuma* fogueira aqui dentro! Mas é tão *bão* (*Abraçando Lola.*) Lola, eu sou teu... só teu... Faz de mim o que tu *quiser*, minha negra!

Lola Meu? Isso é verdade? Tu és meu? Meu?

Eusébio Sim, sou teu! Tá aí! E agora? Sou teu e de mais ninguém...

Lola Então, esta casa é tua! És o meu senhor, o meu dono, e como tal quero que todos te reconheçam! (*Indo à porta e batendo palmas.*) Eh! Olá! Venham todos!... Venham todos! (*Música na orquestra.*)

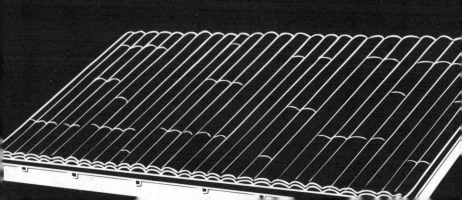

Cena VIII (Todos os personagens do ato)

	Final
Coro	*Lola nos chama!*
	Que aconteceu?
	Que nos quer Lola?
	Que sucedeu?

Lola

Meus amigos, desejo neste instante
Apresentar-lhes o meu novo amante!
Ele aqui está! Eu o amo e ele me ama.

Eusébio

Sim! Aqui está o *home* da madama!

Todos

Ele!... (*Admiração geral.*)

Lola

És o meu novo dono!
Pode dizer-me: És minha!
É teu, é teu somente
O meu sincero amor!
Eu dava-te o meu trono
Se fosse uma rainha!
Tu, exclusivamente,
És hoje o meu senhor!

Eusébio

Sou eu seu novo dono!
Posso dizer: É minha!
É meu unicamente
O seu sincero amô!
Por ela eu me apaixono!
A Lola é bonitinha!
Eu, exclusivamente,
Sou hoje o seu sinhô!

Lola	*És o meu novo dono! etc.*
Coro	*Eis o seu novo dono!*
	Pode dizer: É minha!
	É dele unicamente
	O seu sincero amor!
	Gostar assim de um mono
	É sorte bem mesquinha!
	Ele, exclusivamente,
	É hoje o seu senhor!...
Figueiredo	(A Eusébio.) *Nossos cumprimentos,*
	Meu amigo, aos centos
	Queira receber!
	E como hoje é trunfo,
	Levado em triunfo
	Agora vai ser!

(*Figueiredo e Rodrigues carregam Eusébio. Organiza-se uma pequena marcha, que faz uma volta pela cena, levando o fazendeiro em triunfo.*)

Coro	*Viva! Viva o fazendeiro*
	Bonachão e prazenteiro
	Que de um peito bandoleiro
	Os rigores abrandou,
	Conquistando a linda Lola,
	Essa esplêndida espanhola
	Que o país da castanhola
	Generoso nos mandou!

(*Eusébio é posto sobre uma mesa ao centro da cena.*)

Eusébio

Obrigado!
Obrigado!
Mas eu tô muito chumbado!
Vejo tudo dobrado!

Lola

Dancem! Dancem! Tudo dance!
Ninguém canse
No cancã,
Pois quem se acha aqui presente
Tudo é gente
Folgazã!

Coro

Sim! Dancemos! Tudo dance!
Ninguém canse
No cancã
Pois quem se acha aqui presente
Tudo é gente
Folgazã

(*Cancã desenfreado em volta da mesa.*)

PANO

ATO III

Quadro VIII
(A saleta de Lola.)

Cena I (Eusébio, Lola)

(*Eusébio, ridiculamente vestido à moda, prepara um enorme cigarro mineiro. Lola, deitada no sofá, lê um jornal e fuma.*)

Eusébio
Isto *tá* o diabo! Não sei de dona Fortunata... não sei de Quinota... não sei de Juquinha... não sei de seu Gouveia... Não tenho *corage* de *entrá* em casa!... Se eu me *confessá*, não encontro um padre que me *absorva*!... Lola, Lola, que diabo de feitiço foi este?... Tu *fez* de mim o que tu bem *quis*!

Lola
Estás arrependido?

Eusébio
Não, arrependido, não *tou*, porque a coisa não se pode *dizê* que não *seje* boa... Mas minha pobre *muié* deve *está* furiosa!... E então quando ela me *vi* assim, todo janota, co'esta roupa de *arfaiate* francês, feito *monsiú* da rua do *Ouvidô*... Oh! Lola! Lola! As *muié é* os *tormento* dos *home*!... (*Lola que se tem levantado e que tem ido, um tanto inquieta, até a porta da esquerda, volta ao proscênio e vem encostar-se ao ombro de Eusébio.*)

Lola
O tormento! Oh! Não...

Coplas

I
*Meu caro amigo, esta vida
Sem a mulher nada val!
É sopa desenxabida,
Sem uma pedra de sal!
Se a dor torna um homem triste,
Tem ele cura, se quer;
A própria dor não resiste
Aos beijos de uma mulher!*

II
*Ao lado meu, queridinho,
Serás ditoso e feliz;
Terás todo o meu carinho,
É o meu amor que to diz.
Se tu me amas como eu te amo,
Se respondes aos meus ais,
Nada mais de ti reclamo,
Não te peço nada mais!*

Eusébio Mas... me diz uma coisa, diabo, fala tua verdade... Tu *tá* inteiramente curada de seu Gouveia?

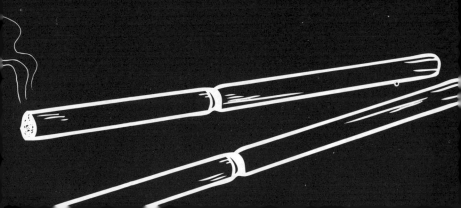

Lola	Não me fales mais nisso! Foi um sonho que passou. (*Pausa.*) A propósito de sonho... foste ver na vitrine do Luís de Resende o tal broche com que eu sonhei?
Eusébio	(*Coçando a cabeça.*) Fui... sabe quanto custa?
Lola	(*Com indiferença.*) Sei... uma bagatela... um conto e oitocentos... (*Sobe e vai de novo observar à porta da esquerda.*)
Eusébio	(*À parte.*) Sim, é uma bagatela... A espanhola gosta de mim, é verdade, mas em tão poucos dias já me custa cinco contos de réis! E agora o colar!...
Lola	(*À parte.*) Que demora! (*Alto, descendo.*) Mas enfim? O colar? Se é um sacrifício, não quero!
Eusébio	O *home* ficou de *fazê* um abatimento e me *mandá* a resposta.
Lola	(*À parte.*) É meu!
Eusébio	Se ele *deixá* por um conto e *quinhento*, compro! Não dou nem mais um vintém.
Lola	(*À parte.*) Sobem a escada. É ele!...
Eusébio	Parece que vem gente. (*Batem com força à porta.*) Quem é?
Lola	Deixa. Eu vou ver. (*Vai abrir a porta. Lourenço entra arrebatadamente. Traz óculos azuis, barbas postiças, chapéu desabado e veste um sobretudo com a gola erguida. Lola finge-se assustada.*)

Cena II (Os mesmos, Lourenço)

Lourenço Minha rica senhora, folgo de encontrá-la!
Eusébio Que é isto?
Lourenço Fui entrando para não lhe dar tempo de me mandar dizer que não estava em casa! É esse o seu costume!
Lola Senhor!
Eusébio Quem é este *home* danado?
Lourenço Quem sou?... Um credor que quer o seu dinheiro! Quer saber também quem é esta senhora? Quer saber? É uma caloteira!
Lola Que vergonha! (*Cai sentada e cobre o rosto com mãos.*)
Eusébio O sinhô é um grande *marcriado*! Não se *insurta* assim uma fraca *muié* que está em sua casa! Faça *favô* de *saí*!...

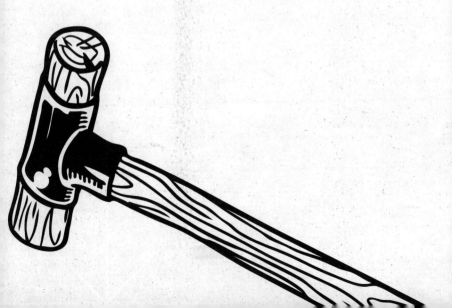

Lourenço	Sair? Eu não saio daqui sem o meu rico dinheiro! O senhor, que tem cara de homem sério, naturalmente há de julgar que sou um grosseirão, um bruto; mas não imagina a paciência que tenho tido até hoje! (*Batendo com a bengala no chão.*) Venho disposto a receber o meu dinheiro!...
Eusébio	Mas dinheiro de quê?
Lourenço	De quê? Como de quê... Dinheiro que me deve esta senhora! Dinheiro limpo, que me pediu há quatorze meses para pagar no fim de trinta dias!...
Lola	(*Descobrindo o rosto muito chorosa.*) Com juros de sessenta por cento ao ano!
Lourenço	Eu dispenso os juros! Isto prova que não sou nenhum agiota! O que eu quero, o que eu exijo, é o meu capital, os meus dois contos de réis, que me saíram limpinhos da algibeira e seriam quase o dobro com juros acumulados!
Lola	(*Suplicante.*) Senhor, eu pagarei esse dinheiro logo que puder... Poupe-me tamanha vergonha diante deste cavalheiro que estimo e respeito!

Lourenço	Ora deixe-se de partes! Se a senhora não se quisesse sujeitar a estas cenas, solveria os seus compromissos! Mas não passa, já disse, de uma reles caloteira!...
Eusébio	*Home*, o sinhô *arrepare* que eu *tou* aqui! Faça *favô* de *vê* como fala!...
Lourenço	Quem é o senhor? É marido desta senhora? É seu pai? É seu tio? É seu padrinho? É seu irmão? É seu parente? Com que direito intervém? Eu tenho ou não tenho razão? Fui ou não fui caloteado?
Eusébio	*Home*, o sinhô se cale! Olhe que eu sou mineiro!
Lourenço	Não me calo, ora aí está! E declaro que não me retiro daqui sem estar pago e satisfeito! (*Senta-se.*)
Eusébio	Seu *home*, olhe que eu...!
Lourenço	(*Erguendo-se.*) Eh! Lá! Eh! Lá! Agora sou eu que lhe digo que se cale! O senhor não tem o direito de abrir o bico!...
Lola	(*Chorando.*) Que vergonha! Que vergonha!
Eusébio	(*À parte.*) Coitadinha!...
Lourenço	A princípio supus que o senhor fosse o amante desta senhora. Vejo que me enganei... Se o fosse, já teria pago por ela, e não consentiria que eu a insultasse!...
Eusébio	Hein?

Lola	(*Erguendo-se e correndo a Eusébio.*) Não! Não! Sou eu que não consinto que tu pagues!... Não! Não tires a carteira! Eu mesma pagarei essa dívida!
Lourenço	Mas há de ser hoje, porque eu não me levanto desta cadeira. (*Torna a sentar-se.*)
Eusébio	Mas eu...
Lola	Não! Não pagues! Esse dinheiro pedi-o para mandá-lo à minha mãe, que está em Valladolid... Eu é que devo pagá-lo (*voltando suplicante para Lourenço*)... mas não hoje!...
Lourenço	(*Batendo com a bengala.*) Há de ser hoje!...
Lola	Não posso! Não posso!...
Lourenço	Não pode?... Dê-me esse par de bichas que traz nas orelhas e ficarei satisfeito!
Lola	Estas bichas custaram três contos!
Lourenço	São os juros.

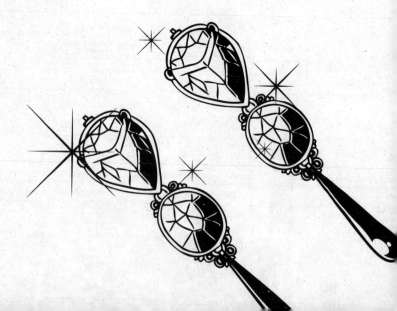

Lola	Pois bem! (*Vai tirar as bichas.*)
Eusébio	(*Pegando-lhe no braço.*) Não *tira* as bichas, Lola!... (*Ao credor.*) Seu desgraçado, não tenho dois *conto* aqui no *borso*, mas me acompanha na casa do meu correspondente, na rua de São Bento... Vem *recebê* o teu *mardito* dinheiro!
Lourenço	(*Batendo com a bengala.*) Já disse que daqui não saio!
Lola	(*Abraçando Eusébio.*) Não, Eusébio, meu querido Eusébio! Não!...
Eusébio	(*Sem dar ouvidos a Lola.*) Pois não sai, não sai, desgraçado! (*Desvencilhando-se de Lola.*) Espera aí sentado, que eu vou *buscá* teu dinheiro! (*Sai arrebatadamente. Lola, depois de certificar-se de que ele realmente saiu, volta, e desata a rir às gargalhadas. Lourenço levanta-se, tira os óculos, as barbas e o chapéu, e também ri às gargalhadas.*)

Cena III (Lola, Lourenço)

Lola Soberbo! Soberbo! Foi uma bela ideia! Toma um beijo! (*Dá-lhe um beijo.*)

Lourenço Aceito o beijo, mas olhe que não dispenso os vinte por cento.

Lola Naturalmente.

Lourenço Você há de convir que sou um grande artista!

Lola E então eu?

Lourenço Você também, mas se eu me houvesse feito cômico em vez de fazer cocheiro, estava a estas horas podre de rico!

Tango

I

Ai! Que jeito pro teatro!
Que vocação!
Eu faria o diabo a quatro
Num dramalhão!
Mas às rédeas e ao chicote
Jungido estou!
Sou cocheiro de cocote!
Nada mais sou!
Cumprir o nosso destino
Nem eu quis nem você quis!
Fui ator desde menino
E você foi sempre atriz!

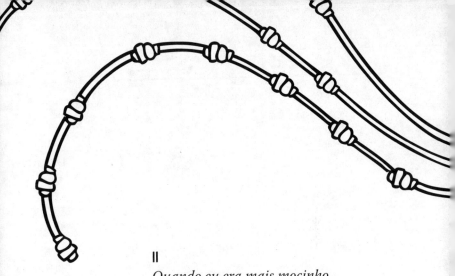

II

Quando eu era mais mocinho
(Posso afiançar!)
Fiz furor num teatrinho
Particular!
Talvez outro João Caetano
Se achasse em mim.
Mas o fado desumano
Não quis assim!
Cumprir o nosso destino etc...

Lola	Mas por que não acompanhaste o fazendeiro? Era mais seguro!
Lourenço	Pois eu lá me atrevia a andar por essas ruas de barbas postiças! Nada, que não queria dar com os ossos no xadrez!
Lola	Tens agora que esperar aqui a pé firme!
Lourenço	Estou arrependido de ter perdoado os juros. (*Batem à porta.*)
Lola	Quem será?
Lourenço	(*Depois de espreitar.*) É o filho-família.
Lola	Ah! O tal Duquinha? Tomaste as necessárias informações? Que me dizes desse petiz?

Lourenço	(*Abanando a cabeça com ares de competência.*) Digo que no seu gênero não deixa de ser aproveitável... O pai é muito severo, mas a mãe, que é rica, satisfaz todos os seus caprichos... Não digo que você possa dali mundos e fundos, mas é fácil obrigá-lo a contrair dívidas, se for preciso, para dar alguns presentes, e ouro é o que ouro vale.
Lola	Manda-o entrar.
Lourenço	Não se demore muito, porque o fazendeiro foi a todo vapor e não tarda aí.
Lola	Temos tempo. A rua de São Bento é longe. (*Sai. Lourenço tira o sobretudo, a que junta as barbas, os óculos e o chapéu, e vai abrir a porta a Duquinha.*)

Cena IV (*Duquinha, Lourenço*)

(*Duquinha tem dezoito anos e é muito tímido.*)

Duquinha	A senhora dona Lola está em casa?
Lourenço	(*Muito respeitoso.*) Sim, meu senhor... e pede a vossa excelência que tenha o obséquio de esperar alguns instantes.
Duquinha	Muito obrigado. (*À parte.*) É o cocheiro... Não sei se deva...
Lourenço	Como diz vossa excelência?
Duquinha	Se não fosse ofendê-lo, pedia-lhe que aceitasse... (*Tira a carteira.*)

Lourenço	Oh! Não!... Perdoe vossa excelência... Não é orgulho; mas que diria a patroa se soubesse que eu...
Duquinha	Ah! Nesse caso... (*Guarda a carteira.*)
Lourenço	(*Que ia sair, voltando.*) Se bem que eu estou certo que vossa excelência não diria nada à senhora dona Lola...
Duquinha	(*Tirando de novo a carteira.*) Ela nunca o saberá. (*Dá-lhe dinheiro.*)
Lourenço	Beijo as mãos de vossa excelência. A senhora dona Lola é tão escrupulosa! (*À parte.*) Uma de trinta! O franguinho promete... (*Sai com muitas mesuras, levando o sobretudo e demais objetos.*)

Cena V

Duquinha	Estou trêmulo e nervoso... É a primeira vez que entro em casa de uma destas mulheres... Não pude resistir!... A Lola é tão bonita, e o outro dia, no Braço de Ouro, me lançou uns olhares tão meigos, tão provocadores, que tenho sonhado todas as noites com ela! Até versos lhe fiz, e aqui lhos trago... Quis comprar-lhe uma joia, mas receoso de ofendê-la, comprei apenas estas flores... Ai, Jesus! Ela aí vem! Que lhe vou dizer?...

Cena VI (Duquinha e Lola)

Lola   Não me engano: é o meu namorado do Braço de Ouro! (*Estendendo-lhe a mão.*) Como tem passado?

Duquinha   Eu... sim... bem, obrigado; e a senhora?

Lola   Como tem as mãos frias!

Duquinha   Estou muito impressionado. É uma coisa esquisita: todas as vezes que fico impressionado... fico também com as mãos frias...

Lola   Mas não se impressione! Esteja à sua vontade! Parece que não lhe devo meter medo!

Duquinha   Pelo contrário!

Lola   (*Arremedando-o.*) Pelo contrário! (*Outro tom.*) São minhas essas flores?

Duquinha   Sim... eu não me atrevia... (*Dá-lhe as flores.*)

Lola   Ora essa! Por quê? (*Depois de aspirá-las.*) Que lindas são!

Duquinha   Trago-lhe também umas flores poéticas.

Lola   Umas quê?...

Duquinha   Uns versos.

Lola   Versos? Bravo! Não sabia que era poeta!

Duquinha   Sou poeta sim, senhora; mas poeta moderno, decadente...

Lola   Decadente? Nessa idade?

Duquinha   Nós somos todos muito novos.

Lola   Nós quem?

Duquinha	Nós, os decadentes. E só podemos ser compreendidos por gente da nossa idade. As pessoas de mais de trinta anos não nos entendem.
Lola	Se o senhor se demorasse mais algum tempo, arriscava-se a não ser compreendido por mim.
Duquinha	Se dá licença, leio os meus versos. (*Tirando um papel da algibeira.*) Quer ouvi-los?
Lola	Com todo o prazer.
Duquinha	(*Lendo.*)

> *Ó flor das flores, linda espanhola!*
> *Como eu te adoro, como eu te adoro!*
> *Pelos teus olhos, ó Lola! Ó Lola!*
> *De dia canto, de noite choro,*
> *Linda espanhola, linda espanhola!*

Lola	Dir-se-ia que o trago de canto chorado!
Duquinha	Ouça a segunda estrofe!

> *És uma santa, santa das santas!*
> *Como eu te adoro, como eu te adoro!*
> *Meu peito enlevas, minha'lma encan-*
> *tas!*
> *Ouve o meu triste canto sonoro,*
> *Santa das santas, santa das santas!*

Lola	Santa? Eu!... Isto é que é liberdade poética!

Duquinha   A mulher amada pelo poeta é sempre santa para ele! Terceira e última estrofe...

Lola   Só três? Que pena!

Duquinha   (*Lendo.*)

> *Ó flor das flores! Bela andaluza!*
> *Como eu te adoro, como eu te adoro!*
> *Tu és a minha pálida musa!*
> *Desses teus lábios um beijo imploro,*
> *Bela andaluza, bela andaluza!*

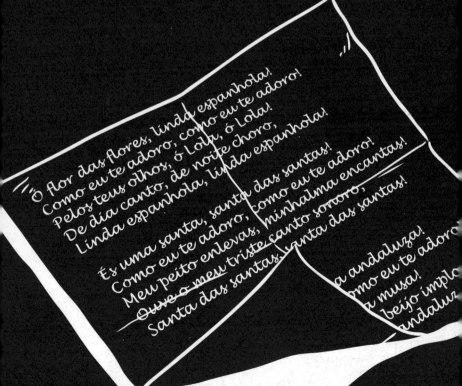

Ó flor das flores, linda espanhola!
Como eu te adoro, como eu te adoro!
Pelos teus olhos, ó Lola, ó Lola!
De dia canto, de noite choro,
Linda espanhola, linda espanhola!

És uma santa, santa das santas!
Como eu te adoro, como eu te adoro!
Meu peito enlevas, minh'alma encantas!
~~Ouve o meu triste canto sonoro,~~
Santa das santas, santa das santas!

Lola	Perdão, mas eu não sou da Andaluzia; sou de Valladolid.
Duquinha	Pois há espanholas bonitas que não sejam andaluzas?
Lola	Pois não! O que não há são andaluzas bonitas que não sejam espanholas.
Duquinha	Hei de fazer uma emenda.
Lola	E que mais?
Duquinha	Como?
Lola	O senhor trouxe-me flores... trouxe-me versos... e me trouxe mais nada?
Duquinha	Eu?
Lola	Sim... os versos são bonitos... as flores são cheirosas... mas há outras coisas de que as mulheres gostam muito.
Duquinha	Uma caixinha de *marrons glacés*?
Lola	Sim, não digo que não... é uma boa gulodice... mas não é isso...
Duquinha	Então que é?
Lola	Faça favor de me dizer para que se inventaram os ourives.
Duquinha	Ah! Já percebo... Eu devia trazer-lhe uma joia!
Lola	Naturalmente. As joias são o "Sésamo, abre-te" destas cavernas de amor.
Duquinha	Eu quis trazer-lhe uma joia, quis; mas receei que a senhora se ofendesse...

Lola	Que me ofendesse?... Oh! Santa ingenuidade!... Em que é que uma joia me poderia ofender? Querem ver que o meu amiguinho me toma por uma respeitável mãe de família? Creia que um simples grampo de chapéu, com um bonito brilhante, produziria mais efeito que todo esse:

> *Como te adoro, como te adoro,*
> *Linda espanhola, linha espanhola,*
> *Santa das santas, santa das santas!*

Duquinha	Vejo que lhe não agrada a Escola Decadente...
Lola	Confesso que as joias exercem sobre mim uma fascinação maior que a literatura, e demais, não sou mulher a quem se ofereçam versos... Vejo que o senhor não é de opinião de Bocage...
Duquinha	Oh! Não me fale em Bocage!
Lola	Que mania essa de não nos tomarem pelo que somos realmente! Guarde os seus versos para as donzelinhas sentimentais, e, ande, vá buscar o "Sésamo, abre-te" e volte amanhã. (*Empurra-o para o lado da porta. Entra Lourenço.*)
Duquinha	Mas...
Lola	Vá, vá! Não me apareça aqui sem uma joia. (*A Lourenço.*) Lourenço, conduza este senhor até a porta. (*Sai pela direita.*)

Duquinha Não, não é preciso, não se incomode. (*À parte.*) Vou pedir dinheiro à mamãe. (*Sai.*)

Cena VII

Lourenço Às ordens de vossa excelência. (*Só.*) A Lola saiu-me uma artista de primeiríssima ordem! Bem! Vou caracterizar-me de credor, que o fazendeiro não tarda por aí. Quatrocentos mil-réis cá para o degas! Que bom! Hão de grelar[3] esta noite no Belódromo, onde conto organizar uma mala onça! (*Sai cantarolando o tango. Mutação.*)

---

3. Popularmente, significa fitar, olhar com atenção, fixar o olhar em algo. (N. da E.)

Quadro IX

(No Belódromo Nacional.)

Cena I (Lemos, Guedes, um frequentador do Belódromo, pessoas do povo, depois amadores, depois S'il-vous-plaît, depois Lourenço.)

(Durante todo este ato, ouve-se a intervalos o som de uma sineta que chama os compradores à casa das pules,[4] à esquerda, e uma voz que grita: "Vai fechar!")

Coro

Não há nada como
Vir ao Belódromo!
São estas corridas
Muito divertidas!
Desgraçadamente
Muito raramente
O povo, coitado!
Não é cá roubado!
Mas o cabeçudo,
Apesar de tudo,
Pules vai comprando,
Sempre protestando!
Tipos aqui pisam,
Mestres em cabalas,
E elas organizam
As famosas malas!
E com artimanha
(Manha mais do que arte)
Quase sempre ganha
Pífio bacamarte!
(Entrada dos amadores.)

---

4. Bilhete de aposta para corridas de bicicleta. (N. da E.)

Coro de amadores *Aqui estamos os melhores*
Amadores
Da elegante bicicleta!
Nós corremos, prazenteiros,
Mais ligeiros,
Mais velozes que uma seta!
A todo o público
Dos belódromos
Muito simpáticos
Se diz que somos
O povo aplaude-nos
Quando vencemos,
Mas também vaia-nos
Quando perdemos!
Aqui estamos os melhores etc...

O frequentador do Belódromo (*A Lemos e Guedes.*) Parece impossível... No páreo passado joguei no número 17 por ser a data em que minha mulher morreu, e, por causa das dúvidas, joguei também no número 18, por ser a data em que ela foi enterrada... E ganhou o número 19! Parece impossível!...

Lemos É verdade! Parece! (*A Guedes.*) Você já viu velho cabuloso?

O frequentador Agora vou jogar no 25... Não pode falhar, porque a sepultura dela tem o número 525.

Guedes	É... é isso... vá comprar, vá.
O frequentador	Vou jogar uma em primeiro e duas em segundo. (*Afasta-se para o lado da casa das pules.*)
Lemos	E que me dizes a esta, ó Guedes? O S'il-vous-plaît foi arranjar tudo, e do Lourenço nem novas nem mandados!
Guedes	Quem sabe se ele teve de levar Lola de carro a algum teatro?...
Lemos	Qual! Não creias! Pois se ele é um cocheiro que faz da patroa o que bem quer!...
Guedes	Está só pelo diabo! Uma mala segura, e não há dinheiro para o jogo!... Olha, aqui está de volta o S'il-vous-plaît.
S'il-vous-plaît	(*Aproximando-se, vestido de corredor.*) Venho da pista. Está tudo combinado.
Lemos	Sim, mais ainda não temos o melhor! O caixa da mala não aparece!
S'il-vous-plaît	Que diz você? Pois o Lourenço...
Guedes	O Lourenço até agora!
Lourenço	(*Aparecendo entre eles.*) Que estão vocês aí a falar do Lourenço?
Os três	Ora graças!...
Lourenço	Vocês sabem que eu sou de palavra... Quando digo que venho é porque venho!
Lemos	Estávamos sobre brasas!

Lourenço	Já estão vendendo?
Guedes	Há que tempos!
S'il-vous-plaît	Já se fez a segunda apregoação.
Lourenço	O que está combinado?
S'il-vous-plaît	Ganha o Menelik.
Lourenço	O Félix Faure não corre?
S'il-vous-plaît	Corre.
Lourenço	Se tiver boa máquina, pode ganhar sem querer.
S'il-vous-plaît	Está combinado que ele cairá na quinta volta.
Lourenço	Quantas voltas são?
S'il-vous-plaît	Oito.
Lourenço	Quem mais corre?
S'il-vous-plaît	O Garibaldi, o Carnot e o Colibri.
Lourenço	Que Colibri é esse?
S'il-vous-plaît	É um pequenote... um bacamarte... não vale nada... nem eu o meti na combinação!
Lourenço	Os outros quatro quanto recebem?
S'il-vous-plaît	Quinze mil-réis cada um.
Lourenço	E dez por cento dos lucros para vocês três... Bom. (*Dando dinheiro a Lemos.*) Tome, seu Lemos; vá comprar dez pules... (*Dando dinheiro a Guedes.*) Tome, seu Guedes: compre outras dez... Vá cada um por sua vez, para disfarçar... Senão, o rateio não dá para o buraco de um dente! Eu compro três cheques. Vamos. (*Afastam-se todos.*)

Cena II (*Benvinda, Figueiredo*)

Benvinda Me deixe! Já *le* disse que não quero mais *sabê* do sinhô!
Figueiredo Por quê, rapariga?
Benvinda O sinhô co'essa mania de *querê* me *lançá* é um cacete *insuportave*! *Tá* sempre me dando lição e *raiando* comigo! Pra isso eu não *percisava saí* de casa de sinhô Eusébio!
Figueiredo Mas é para o teu bem que eu...
Benvinda Quais *pera* meu bem nem *pera* nada! Hei de *encontrá* quem me queira mesmo falando *cumo* se fala na roça!
Figueiredo Estás bem aviada!
Benvinda Eu mesmo posso me *lançá* sem *percisar* do sinhô!
Figueiredo Oh! Mulher, olha que tu não tens nenhuma experiência do mundo. És uma tola... uma ignorantona... não sabes o que é a Capital Federal!
Benvinda Como o sinhô se engana! Eu já *tou meia* capitalista-federalista!

Figueiredo	Bom; tua alma, tua palma! Estou com a minha consciência tranquila. Mas vê lá: se algum dia precisares de mim, procura-me.
Benvinda	*Merci!* (*Vai-se afastando.*)
Figueiredo	Adeus, Fredegonda!
Benvinda	(*Parando.*) Que Fredegonda! Assim é que o sinhô me *lançô*! Me deu logo um nome tão feio que toda a gente se ri quando ouve ele!
Figueiredo	É porque não sabem a história! Fredegonda foi uma rainha... era casada com Chilperico...
Benvinda	Pois eu por minha desgraça não sou casada nem com seu *Borge. Ó revoá.* (*Afasta-se.*)
Figueiredo	(*Só.*) No fundo, estou satisfeito, porque decididamente não havia meio de fazer dela alguma coisa... Parece que vai chover... Mas já agora vou assistir à corrida. (*Afasta-se.*)

Cena III (*Lourenço, Lemos, Guedes, depois o frequentador do Belódromo*)

Lourenço   Bom! Venham as pules. (*Lemos e Guedes entregam as pules, que ele guarda.*)

Lemos   A mala não transpirou. Félix Faure é o favorito.

Guedes   Queira Deus que o S'il-vous-plaît não dê com a língua nos dentes!

O frequentador   (*Voltando.*) Comprei no 25... Mas agora me lembro... Somando o número da sepultura dá a soma de doze. Cinco e dois, sete; e cinco, doze. Ora doze e e doze são 24.

Lemos   24 é o tal Colibri. Não deite o seu dinheiro fora!

O frequentador   Aceito o conselho... Já cá tenho o 25... e não pode falhar! O diabo é que parece que vai chover. O tempo está muito entroviscado! (*Afasta-se.*)

Lourenço   (*Que tem estado a calcular.*) Se o Félix Faure é o favorito, o Menelik não pode dar menos de sete mil-réis.

Guedes   Para cima!

Lourenço   Separemo-nos. Creio que a diretoria já nos traz de olho... No fim da corrida esperá-los-ei no lugar do costume para a divisão dos *lúcaros*. Até logo!

Lemos e Guedes   Até logo. (*Afastam-se. Benvinda volta passeando.*)

Cena IV (Lourenço e Benvinda)

Lourenço (*Consigo.*) Estes malandretes ganham pela certa... não arriscam um nicolau... (*Vendo Benvinda.*) Não me engano: é a celeste Aída do sábado de aleluia... Reconhecerá ela na minha fisolostria o cocheiro da Lola? Vejamos! (*Passa e acotovela Benvinda.*) Adeus, coração dos outros!

Benvinda Vá passando seu caminho e não bula *ca* gente!

Lourenço Tão zangada, meu Deus!

Benvida Que deseja o sinhô?

Lourenço Pelo menos saber onde mora.

Benvinda Moro na rua das *casa*.

Lourenço Não seja má! Bem sei que é aqui mesmo na rua do Lavradio.

Benvinda Quem *le* disse?

Lourenço Ninguém. Fui eu que lhe vi na janela.

Benvinda Pois não vá lá que não lhe *arrecebo*!

Lourenço Por que não me *arrecebe, marvada*?

Benvinda Vou *sê* franca... Só *arrecebo* quem *quisé* me *tirá* desta vida. Não nasci para isto. Quero *vivê* em família.

Lourenço Ah, seu benzinho! Isso é que não pode ser! Hoje em dia não é possível viver em família.

Benvinda Por quê?

Lourenço Por quê? Ainda me perguntas, amor?

Coplas

I

Lourenço

Já não se encontra casa decente,
Que custe apenas uns cem mil-réis,
E os senhorios constantemente
O preço aumentam dos aluguéis!
Anda o povinho muito inquieto,
E tem – pudera – toda a razão;
Não aparece nenhum projeto
Que nos arranque desta opressão!
Um cidadão neste tempo
Não pode andar amarrado...
A gente vê-se, e adeusinho:
Cada um vai pro seu lado!

II

Das algibeiras some-se o cobre,
Como levado por um tufão!
Carne de vaca não come o pobre,
E qualquer dia não come pão!
Fósforos, velas, couve, quiabos,
Vinho, aguardente, milho, feijão,
Frutas, conservas, cenouras, nabos,
Tudo se vende pr'um dinheirão!
Um cidadão neste tempo etc...

Benvinda	Tenho sede, venha *pagá* um copo de cerveja.
Lourenço	Com muito gosto, mas da Babilônia, que as alamoas estão pela hora da morte!
Benvinda	*Vamo.*
Lourenço	Como você se chama, seu benzinho.
Benvinda	Artemisa.
Lourenço	Que bonito nome! Vamos ali no botequim do Lopes. (*Saem.*)

Cena V (*Eusébio, Lola, Mercedes, Dolores, Blanchette, depois Figueiredo*)

(*Eusébio entra no meio das mulheres; traz o chapéu atirado para a nuca, e um enorme charuto. Vêm todos alegres. Acabaram de jantar e lembraram-se de dar uma volta pelo Belódromo.*)

Eusébio	Não, Lola! Tu hoje *há* de me *deixá í* pra casa! Dona Fortunata deve *está* furiosa!
Lola	Que dona Fortunata nem nada!
Mercedes	Havemos de acabar a noite num gabinete do Munchen!
Dolores	Não o deixamos!
Blanchette	Está preso!... E, demais, vamos ter chuva!
Eusébio	Na chuva já *tou* eu, se não me engano. Aquele vinho é *bão*, mas é *veiaco*!
Figueiredo	(*Aproximando-se.*) Olá! Viva a bela sociedade!

Lola	Olha quem ele é! O Figueiredo!
Mercedes	O Radamés!
Dolores	Você no Belódromo!
Figueiredo	Por mero acaso... Não gosto disto... No Rio de Janeiro não há divertimentos que prestem! Não temos nada, nada!
Eusébio	(*Num tom magoado.*) Como vai a Fredegonda, seu Figueiredo?
Figueiredo	A Fredegonda já não é Fredegonda!
Todos	Ah!...
Figueiredo	Tornou a ser Benvinda, como antigamente. Deixou-me!
Todos	Deixou-o?
Figueiredo	Deixou-me, e anda à procura de alguém que saiba lançá-la melhor do que eu!
Eusébio	Uê!
Figueiredo	Deve estar aqui no Belódromo... Acompanhei-a até cá para pedir-lhe, que tivesse juízo, mas a sua resolução é inabalável... Pobre rapariga!...
Eusébio	(*Muito comovido, para o que concorre o vinho que bebeu.*) Coitada da Benvinda!... Podia *tá* casada e agora... anda atirada por aí como uma coisa à toa... sem ninguém que tome conta dela... (*Com lágrimas na voz.*) Coitada... não *façum* caso... Eu vi ela pequena... nasceu e cresceu lá em casa... (*Chorando.*) Minha *fia* mamou o leite da mãe dela!
Todos	Que é isso?! Chorando?! Ora esta!...

Eusébio	(*Com soluços.*) Que chorando que nada! Já passou! Não foi nada!... Que *qué vacês*! Mineiro tem muito coração!...
Todos	Vamos lá! Que é isso? Então?...
Lola	Há de passar. São efeitos do Chambertin! Eusébio, onde... então?... Vá comprar umas pules para tomar interesse pela corrida.
Eusébio	Eu não entendo disso!
Figueiredo	Escolha um nome daqueles. Olhe, ali, na pedra... Ligúria, Carnot, Menelik, Colibri e Félix Faure.
Eusébio	Colibri! Eu quero Colibri!
Figueiredo	Ouvi dizer que não vale nada... É o que aqui chamam um bacamarte... Não lhe sorri nenhum dos presidentes da República Francesa?
Eusébio	Não sinhô, não quero outro! Colibri é o nome de um jumento que tenho lá na fazenda.
Dolores, Mercedes e Blanchette	(*Ao mesmo tempo.*) Não faça isso! Se é bacamarte, não presta! É dinheiro deitado fora!
Lola	Deixem-no lá! É um palpite! Vá comprar cinco pules naquele guichê.
Eusébio	Naquele quê?
Figueiredo	Naquele buraco.
Eusébio	*Canto* custa?
Figueiredo	Cinco pules são dez mil-réis.
Eusébio	Mas como se faz?
Figueiredo	Estenda o braço, meta o dinheiro dentro do buraco, abra a mão, e diga: "Colibri".

Eusébio	Sim, sinhô. (*Afasta-se.*)
Figueiredo	Pois é o que lhes conto: estou livre como o lindo amor!
Mercedes	Se me quiser tomar sob a sua valiosa proteção...
Dolores	Se quiser fazer a minha ventura...
Blanchette	Se me quiser lançar...
Lola	Vocês estão a ler! Ele só gosta de...
Figueiredo	(*Atalhando.*) De trigueira! Eu digo trigueiras, por ser menos rebarbativo... Acho que as brancas são encantadoras, apetitosas, adoráveis, lindíssimas, mas que querem? Tenho cá o meu gênero...
Mercedes	Isso é um crime!
Dolores	Devia ser preso!
Blanchette	Deportado!
Lola	Sim, deportado... para a Costa da África!...

Quinteto

Lola
Ó Figueiredo, eu cá sou franca;
Estou com pena de você!

As outras
Nós temos pena de você!

Figueiredo
Façam favor, digam por quê!

Lola
Por não gostar da mulher branca!

As outras
Por não gostar da mulher branca!

Figueiredo
Meu Deus! Deveras!
Por isso só?

Todas
Somos sinceras!
Causa-nos dó!

Figueiredo
Oh! Oh! Oh! Oh!

Todas
Oh! Oh! Oh! Oh!

I

Lola
Pele cândida e rosada,
Cetinosa e delicada
Sempre teve algum valor!

Figueiredo
Que tolice!

Todas
Sim, senhor!

Lola	*A cor branca, pelo menos,* *Era a cor da loura Vênus,* *Deusa esplêndida do amor.*
Figueiredo	*Quem lhe disse?*
Todas	*Sim, senhor!*
Figueiredo	*Se eu da Mitologia* *Fosse o reformador* *Vênus transformaria* *Numa mulata!*
Todas	*Horror!...*
Figueiredo	**II** *A mimosa cor do jambo* *Pede um meigo ditirambo* *Cinzelado com primor!*
Lola	*Que tolice!*
Todas	*Não, senhor!*
Figueiredo	*Eu com os ovos, por sistema* *Deixo a clara e como a gema,* *Porque tem melhor sabor.*
Lola	*Quem lhe disse?*
Todas	*Não, senhor!*

Figueiredo	*Se eu da Mitologia* *Fosse o reformador* *Vênus transformaria* *Numa mulata!*
Todas	*Horror!...*

(*Juntos e ao mesmo tempo.*)

Figueiredo	*Gosto do amarelo!* *Que prazer me dá!* *Nada mais anelo,* *Nem aspiro já!*
As cocotes	*Gosta do amarelo!* *Maus exemplos dá!* *Vara de marmelo* *Merecia já!*
Eusébio	(*Voltando.*) Aqui *está* cinco *papezinho* do Colibri. Custou! Toda a gente queria *comprá*! Eu meti o dinheiro no buraco, e o *home* lá de dentro perguntou: "Onde leva?" Eu respondi: "Colibri"; e ele ficou muito espantado, e disse: "É o *premero* que compra nesse bacamarte."
Figueiredo	Vamos ver a corrida lá de cima. Pedirei um camarote ao Cartaxo.
Todos	Vamos! (*Saem.*)

Cena VI (Benvinda, Lourenço e povo)

Lourenço (*Correndo.*) Correndo ainda apanho; mas olhe que o Menelik... (*Desaparece.*)

Benvinda Não sinhô, não sinhô! Não quero Menelik! Compre no que eu disse. (*Só, no proscênio.*) Não gosto deste *home*: tem cara de padre... é muito enjoado... Nem deste, nem de nenhum... Não gosto de ninguém... O que eu tenho a *fazê* de *mió* é *vortá* para casa e *pedi* perdão à sinhá *veia*. (*Ouve-se o sinal do fechamento do jogo.*)

Pessoas do povo Fechou! Fechou! Ora, e eu que não comprei (*Dirigem-se todos para o fundo: vão assistir à corrida.*)

Lourenço (*Voltando.*) Sempre cheguei a tempo de comprar a pule! (*Dando a pule a Benvinda.*) Mas que lembrança a sua de jogar no Colibri!

Benvinda É porque é o nome de um burrinho que há numa fazenda onde eu fui *passá* uns *tempo*.

Lourenço Ah! É cabula? (*Ouve-se um toque de campainha elétrica.*) Se ele vencesse, você levava a casa das pules! (*Ouve-se um tiro de revólver e um pouco de música.*) Começou a corrida! Vamos ver! (*Afastam-se para o fundo.*)

Cena VII (Gouveia, Fortunata e Quinota)

Fortunata   (*Entrando apressada à frente de Gouveia e Quinota.*) Não! Não quero vê meu *fio corrê* na *tá* história!... E logo que *acabá* a corrida, levo ele pra casa, e aqui não *vorta*!... Que coisa!... Benvinda desaparece... Seu Eusébio desaparece... Juquinha não sai do Belódromo... *Tou* vendo quando Quinota me deixa!...

Quinota   Oh! Mamãe! Não tenha esse receio!

Fortunata   Que terra! Eu bem não queria *vi* no Rio de Janeiro!

Quinota   Que vida tão diversa da vida da roça! (*A Gouveia.*) Não ficaremos aqui depois de casados.

Gouveia   Por quê?

Quinota   A vida fluminense é cheia de sobressaltos para as verdadeiras mães de família!

Fortunata   Olhe seu Eusébio, um *home* de cinquenta *ano*, que teve até agora tanto juízo! *Arrespirou* o *á* da *Capitá Federá*, e perdeu a cabeça!

Gouveia   Apanhou o micróbio da pândega!

Quinota   Aqui há muita liberdade e pouco escrúpulo... faz-se ostentação do vício... não se respeita ninguém... É uma sociedade mal constituída.

Gouveia   Não a supunha tão observadora...

Quinota   Eu sou roceira, mas não tola que não veja o mal onde se acha.

Fortunata	Parece que já está chuviscando... Eu senti um pingo...
Quinota	O senhor, por exemplo, o senhor, se pensa que me engana, engana-se. Conheço perfeitamente os seus defeitos.
Fortunata	(*À parte.*) Aí!
Gouveia	Os meus defeitos?
Quinota	Oh! São muitíssimos – e o menor deles não é querer aparentar uma fortuna que não existe. Desagradam-me esses visíveis esforços que o senhor faz para iludir os outros. O melhor partido que o senhor tem a tomar... e olhe que este é o conselho da sua noiva, isto é, da pessoa que mais o estima neste mundo... o melhor partido que o senhor tem a tomar é abrir-se com papai... confessar-lhe que é um jogador arrependido...
Gouveia	Oh! Quinota!...
Fortunata	Não tem – ó Quinota – nem nada! É a verdade!...
Quinota	Irá conosco para a fazenda, onde não lhe faltará ocupação.
Fortunata	Sim sinhô; é *mió trabaiá* na roça que *fazê* vida de vagabundo na cidade! Outro pingo!

Quinota	Papai precisa muito associar-se a um moço inteligente, nas suas condições. Sacrifique à sua tranquilidade os seus prazeres; case-se, faça-se agricultor, e sua esposa, que não será muito exigente e terá muito bom senso, todos os anos lhe dará licença para vir matar saudades daquilo a que o senhor chama o micróbio da pândega.
Gouveia	(*À parte.*) Sim, senhor, pregou-me uma lição de moral mesmo nas bochechas!
Fortunata	Seu Gouveia, é *mió* a gente *í* pro *lugá* por onde Juquinha tem de *saí*.
Gouveia	Deve sair por acolá... Vamos esperá-lo na passagem. (*Estendendo o braço.*) É verdade, já está chuviscando.

(*Saem. O final da corrida. Um toque de campainha elétrica. Pouco depois um pouco de música. Vozeria do povo, que vem todo ao proscênio.*)

Coro	*Oh! Quem diria*
	Que ganharia
	O Colibri!
	Ganhou à toa!
	Pule tão boa
	Eu nunca vi
	Aqui!

Cena VIII (Lemos, Guedes, Lourenço, o frequentador do Belódromo, depois Eusébio, Figueiredo, Lola, Mercedes, Dolores, Blanchette, depois S'il-vous-plaît, Juquinha, depois Fortunata, Quinota, Gouveia, depois Benvinda, depois Lourenço)

Lemos Ganhou o Colibri! Quem diria!

Guedes O Colibri... que pulão...

Lourenço Que desgraça!... O Félix Faure caiu de propósito, mas por cima do Félix Faure caiu o Menelik, por cima do Menelik o Ligúria, por cima do Ligúria, o Carnot, e o Colibri, que vinha na bagagem, não caiu por cima de ninguém e ganhou o páreo! Que palpite de mulata! Onde estará ela? Vou procurá-la. (*Desaparece.*)

O frequentador (*A Lemos e Guedes.*) Então? Eu não dizia? Ganhou o 24! Doze e doze, 24. (*Com uma ideia.*) Ah!

Os dois Que é?

O frequentador Fui um asno! 24 é a data da missa de sétimo dia de minha mulher! (*Lemos e Guedes afastam-se rindo.*) Ora esta! Ora esta!... E era um pulão! (*Abre o guarda-chuva.*) Chove... Naturalmente não há mais corridas hoje... (*Afasta-se. Há na cena alguns guarda-chuvas abertos. Aparecem Eusébio, Figueiredo e as cocotes. Vêm todos de guarda-chuvas abertos.*)

Figueiredo Bravo! Foi um tiro, seu Eusébio, foi um tiro!... O Colibri vendeu apenas seis pules e o senhor tem cinco!

S'il-vous-plaît	(*Metendo-se na conversa, e abrigando-se no guarda-chuva de Eusébio.*) Dá mais de cem mil-réis cada pule!...
Eusébio	Mais de cem mil-réis? Então? Eu não disse? *Co* aquele nome, o menino não podia *perdê*! O Colibri é um jumento de muita sorte! (*A S'il-vous-plaît.*) O sinhô conhece ele?
S'il-vous-plaît	Quem? O Colibri? Sim senhor!
Eusébio	Vá *chamá* ele. Quero *le dá* uma *lambuge*!
S'il-vous-plaît	Nem de propósito! Ele aí vem. (*Chamando Juquinha que aparece.*) Ó Colibri! Está aqui um senhor que jogou cinco pules em você e quer dar-lhe uma gratificação.

Juquinha	(*Aproximando-se muito lampeiro.*) Aqui estou, *quê dê o home*?
Eusébio	Era o Juquinha!
Juquinha	Papai! (*Deixa a correr e foge.*)
Eusébio	Ah! Tratante! O Colibri era ele! *Alembrou-se* do jumento!... E foge do pai! Ora espera lá! (*Corre atrás do Juquinha e desaparece. A chuva cresce. O povo corre todo e abandona a cena.*)
Lola	Onde vai? Espere! (*Corre atrás de Eusébio e desaparece.*)
As mulheres	Vamos também! Vamos também. (*Correm atrás de Lola e desaparecem.*)
Figueiredo	Então, minhas filhas? Não corram! (*Vai atrás delas e desaparece.*)
Fortunata	(*Entrando de guarda-chuva.*) É ele! É ele! É seu Eusébio! (*Sai correndo pelo mesmo lado.*)
Quinota	(*Entrando, idem.*) Mamãe! Mamãe! (*Corre acompanhando Fortunata.*)
Gouveia	(*Idem.*) Minhas senhoras!... Minhas senhoras! (*Corre e desaparece.*)
Benvinda	(*Entrando perseguida por Lourenço, ambos de guarda-chuva.*) Me deixe! Me deixe!... (*Desaparece.*)
Lourenço	(*Só em cena.*) Dê cá a pule, seu benzinho, dê cá a pule, que eu vou receber! (*Desaparece. Mutação.*)

Quadro X
(A rua do Ouvidor.)

Cena I (1º literato, 2º literato, pessoas do povo, depois Fortunata, Quinota, Juquinha)

Coro

*Não há rua como a rua
Que se chama do Ouvidor!
Não há outra que possua
Certamente o seu valor!
Muita gente há que se mace
Quando, seja por que for,
Passe um dia sem que passe
Pela rua do Ouvidor!*

1º literato — Tens visto o Duquinha?

2º literato — Qual! Depois que se meteu com a Lola, ninguém mais lhe põe a vista em cima!

1º literato — É pena! Um dos primeiros talentos desta geração...

2º literato — Apaixonado por uma cocote!

1º literato — Felizmente a arte lucra alguma coisa com isso... O Duquinha faz magníficos versos à Lola. Ainda ontem me deu uns, que são puros Verlaine. Vou publicá-los no segundo número da minha revista.

2º literato — Que está para sair há seis meses?

1º literato	Oh! Vê que linda rapariga ali vem!
2º literato	Parece gente da roça. (*Ficam de longe, a examinar Quinota, que entra com a mãe e o irmão. Vêm todos três carregados de embrulhos.*)
Fortunata	Vamo, minha *fia*, vamo *tomá* o bonde no largo de São Francisco. As nossa compra está feita. Amenhã de menhã vamos embora!
Quinota	Sem papai?
Fortunata	Ele que vá quando *quisé*. Hei de *mostrá* que lá em casa não se *percisa* de *home*!
Quinota	E... seu Gouveia?
Fortunata	Não me fale de seu Gouveia! Há oito *dia* não aparece! Fez *cumo* teu pai! Foi *mió* assim... Havia de *sê* muito mau marido!
Juquinha	Eu não quero *í* pra fazenda!
Fortunata	Eu te *amostro* se tu *vai* ou não *vai*! Anda pra frente! (*Vão saindo.*)
1º literato	(*À Quinota.*) Adeus, teteia!
Fortunata	Quem é que é teteia? *Arrepita* a gracinha, seu desavergonhado, e verá como *le* parto este chapéu-de-*só* no lombo!... (*Risadas.*) Vamo! Vamo!... Que terra!... Eu bem não queria *vi* no Rio de Janeiro! (*Saem entre risadas.*)

Cena II (1º literato, 2º literato, pessoas do povo, depois Duquinha)

2º literato	Tu ainda um dia te sais mal com esse maldito costume de bulir com as moças!
1º literato	Nada disse que a ofendesse. "Adeus, teteia" não é precisamente um insulto.
2º literato	Pois sim, mas que farias tu se dissessem o mesmo à tua irmã?
1º literato	Não é a mesma coisa! Minha irmã e...
2º literato	Não é melhor que as irmãs dos outros. (*Entra Duquinha, vem pálido e com grandes olheiras.*)
Duquinha	Ah! Meus amigos! Meus amigos! Se soubessem o que me aconteceu!
Os dois	Que foi?
Duquinha	Ainda não estou em mim!
Os dois	Fala!
Duquinha	O fazendeiro... aquele fazendeiro de quem lhes falei?...
Os dois	Sim!
Duquinha	Apanhou-me com a boca na botija!...
1º literato	Mas que tem isso?
Duquinha	Como que tem isso? Aquele homem é rico! Dava tudo à Lola!

2º literato	Tu também não lhe davas pouco!
Duquinha	(*Vivamente.*) Dinheiro nunca lhe dei, nem ela o aceitaria...
1º literato	Pois sim!
Duquinha	Joias... vestidos... pares de luvas... leques... chapéus... Dinheiro nem vintém. Quem sempre me apanhava algum era o Lourenço, o cocheiro.
2º literato	És um pateta! Mas conta-nos isso!
Duquinha	Estávamos – ela e eu – na saleta e o bruto dormia na sala de jantar. Eu tinha levado à Lola umas pérolas com que ela sonhou... Vocês não imaginam como aquela rapariga sonha com coisas caras!
1º literato	Imaginamos! Adiante!
Duquinha	Eu lia para ela ouvir os meus últimos versos... Aqueles que te dei ontem para a revista...

> *Depois que te amo, depois que és minha,*
> *Nado em delícia, nado em delícia...*

1º literato	Eu sei, Verlaine puro.
Duquinha	Obrigado. No fim de cada estrofe, eu dava-lhe um beijo... um beijo quente e apaixonado... um beijo de poeta... Pois bem, depois da terceira estrofe:

> *Oh! Se algum dia, destino fero*
> *Nos separasse, nos separasse...*

1º literato	(Continuando.) *O que faria contar não quero...*
Duquinha	*Que se o contasse, que se o contasse...*
	No fim dessa estrofe, Lola, que, esperava a deixa, estende-me a face, eu beijo-a e o fazendeiro, de pé, na porta da saleta, com os olhos esbugalhados dá este grito: Ah! Seu pelintreca!...
2º literato	E tu?
Duquinha	Eu?... Eu... eu cá estou. Não sei o que mais aconteceu. Quando dei por mim estava dentro de um bonde elétrico, tocando a toda para a cidade!...
1º literato	Fizeste uma bonita figura, não há dúvida! Podes limpar a mão à parede!
Duquinha	Por quê?
1º literato	Essa mulher não te perdoará nunca tal covardia!

2º literato	Olha, o melhor que tens a fazer é não voltares lá!
Duquinha	Ah! Meu amigo! Isso é bom de dizer, mas eu estou apaixonado...
2º literato	Tu estás mas é fazendo asneiras! Onde vais tu buscar dinheiro para essas loucuras?
Duquinha	Mamãe tem me dado algum... mas confesso que contraí algumas dívidas, e não pequenas. Ora adeus! Não pensemos em coisas tristes, e vamos tomar alguma coisa alegre!
Os dois	Vamos lá!

(*Afastam-se pela direita, cumprimentando Mercedes, Dolores e Blanchette, que entram por esse lado e se encontram com Lola, que entra da esquerda, muito nervosa e agitada. Figueiredo entra da direita, observa as cocotes, para, e, colocado por trás, ouve tudo quanto elas dizem.*)

Cena III (Lola, Mercedes, Dolores, Blanchette, Figueiredo, pessoas do povo, depois Duquinha)

Lola   Ah! Venham cá. Estou aflitíssima: Não calculam vocês que série de desgraças!

As outras   Que foi? Que foi?

Rondó

Lola
Com o Duquinha a pouco eu estava
Na saleta a conversar,
E o Eusébio ressonava
Lá na sala de jantar.
O Duquinha uns versos lia,
Mas não lia sem parar,
Que a leitura interrompia
Para uns beijos me furtar;
Mas ao quarto ou quinto beijo,
Sem se fazer anunciar,
Entra o Eusébio, e o poeta vejo
Dar um grito e pôr-se a andar!
Pretendi novos enganos,
Novas tricas inventar,
Mas o Eusébio pôs-se a panos:
Não me quis acreditar!
Vendo a sorte assim fugir-me,
Vendo o Eusébio se escapar,
Fui ao quarto pra vestir-me
E sair para o apanhar.
Mas no quarto vi, de chofre,

— 'Stive quase a desmaiar! —
Vi as portas do meu cofre
Abertas de par em par!
O ladrão foi o cocheiro!
Nada ali me quis deixar!
Levou joias e dinheiro!
Que nem posso avaliar!

Blanchette O cofre aberto!
Dolores   Joias e dinheiro!
Mercedes   O cocheiro!
Lola   Sim, o cocheiro, o Lourenço, que desapareceu!

Blanchette	Mas como soubeste que foi ele?
Lola	Por esta carta, a única coisa que encontrei no cofre! Ainda por cima escarneceu de mim! (*Tem tirado a carta da algibeira.*)
Mercedes	Deixa ver.
Lola	Depois! Agora vamos à polícia! Não! À polícia não!
As três	Por quê?
Lola	Não convém. Logo saberão por quê. Vamos a um advogado! (*Julga guardar a carta, mas está tão nervosa que deixa-a cair.*) Vamos!
As três	Vamos! (*Vão saindo e encontram com Duquinha.*)
Duquinha	Lola!
Lola	(*Dando-lhe um empurrão.*) Vá para o diabo!
As três	Vá para o diabo! (*Saem as cocotes, Figueiredo disfarça e apanha a carta que Lola deixou cair.*)
Duquinha	(*Consigo.*) Estou desmoralizado! Ela não me perdoa o ter saído, deixando-a entregue à fúria do fazendeiro! Sou um desgraçado! Que hei de fazer?... Vou desabafar em verso... Não! Vou tomar uma bebedeira!... (*Sai.*)

Cena IV (Figueiredo, pessoas do povo)

Figueiredo Ora aqui está como uma pessoa, sem querer, vem ao conhecimento de tanta coisa! Vejamos o que o cocheiro lhe deixou escrito. (*Põe a luneta e lê.*) "Lola, eu sou um pouco mais artista que tu. Saio da tua casa sem me despedir de ti, mas levo, como recordação da tua pessoa, as joias e o dinheiro que pude apanhar no teu cofre. Cala-te; se fazes escândalo, ficas de mal partido, porque eu te digo: 1º, que de combinação representamos uma comédia pra extorquir dinheiro ao Eusébio; 2º, que induziste um filho-família a contrair dívidas para presentear-te com joias; 3º, que nunca foste espanhola e sim ilhoa; 4º, que foste a amante do teu ex-cocheiro – Lourenço." Sim, senhor, é de muita força a tal senhora dona Lola!... Não há, juro que não há mulata capaz de tanta pouca vergonha! (*Sai.*)

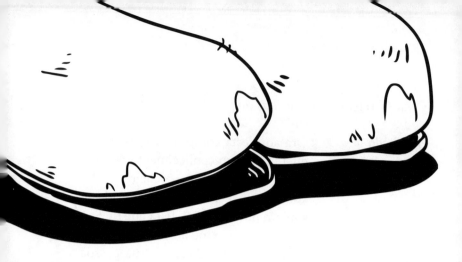

Cena V (Gouveia, pessoas do povo, depois Pinheiro)

(Gouveia traz as botas rotas, a barba por fazer, um aspecto geral de miséria e desânimo.)

Gouveia Ninguém, que me visse ainda há tão pouco tempo tão cheio de joias, não acreditará que não tenho dinheiro nem crédito para comprar um par de sapatos! Há oito dias não vou à casa de minha noiva, porque tenho vergonha de lhe aparecer neste estado!

Pinheiro (*Aparecendo.*) Oh! Gouveia! Como vai isso?

Gouveia Mal, meu amigo, muito mal...

Pinheiro Mas que quer isto dizer? Não me pareces o mesmo! Tens a barba crescida, a roupa no fio... Desapareceu do teu dedo aquele esplêndido e escandaloso farol, e tens umas botas que riem da tua esbodegação!

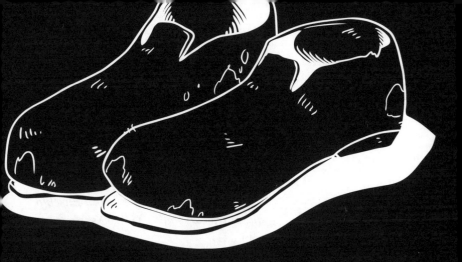

Gouveia	Fala à vontade. Eu mereço os teus remoques.
Pinheiro	E dizer que já me quiseste pagar, com juros de cento por cento, dez mil-réis que eu te havia emprestado!
Gouveia	Por sinal, que disseste, creio, que esses dez mil-réis ficavam ao meu dispor.
Pinheiro	E ficaram. (*Tirando dinheiro do bolso.*) Cá estão eles. Mas, como um par de botinas não se compra com dez mil-réis, aqui tens vinte... sem juros. Pagarás quando quiseres.
Gouveia	Obrigado, Pinheiro; bem se vê que tens uma alma grande e nunca jogaste a roleta.
Pinheiro	Nada! Sempre achei que o jogo, seja ele qual for, não leva ninguém para diante. Adeus, Gouveia... aparece! Agora, que estás pobre, isso não te será difícil... (*Sai.*)

Cena VI (Gouveia, depois Eusébio)

Gouveia — Como este tipo faz pagar caro os seus vinte mil-réis! Ah! Ele apanhou-me descalço! Enfim vamos comprar os sapatos! (*Vai saindo e encontra-se com Eusébio, que entra cabisbaixo.*) Oh! O senhor Eusébio!...

Eusébio — Ora! Inda bem que *le* encontro!...

Gouveia — (*À parte.*) Naturalmente já voltou à casa... Como está sentido!... Vai falar-me de Quinota!...

Eusébio — Hoje de *menhã* encontrei ela beijando um mocinho!

Gouveia — Hein?

Eusébio — É levada do diabo! Não sei como o sinhô pôde *gostá* dela!

Gouveia — Ora essa! A ponto de querer casar-me!

Eusébio — Era uma burrice!

Gouveia — Custa-me crer que ela...

Eusébio — Pois creia! Beijando um mocinho, um pelintreca, seu Gouveia!... Veja o sinhô de que serviu *gastá* tanto dinheiro com ela!...

Gouveia — Sim, o senhor educou-a bem... ensinou-lhe muita coisa...

Eusébio	(*Vivamente.*) Não, sinhô! Não ensinei nada!... Ela já sabia tudo! O sinhô, sim! Se *arguém* ensinou foi o sinhô e não eu! Beijando um pelintreca, seu Gouveia!...
Gouveia	Dona Fortunata não viu nada?
Eusébio	Dona Fortunata?... Uê!... Como é que *havera* de *vê*?... Olhe, eu lá não *vorto*!
Gouveia	Não *volta*! Ora esta!
Eusébio	Não quero mais *sabê* dela.
Gouveia	Deve lembrar-se que é pai!
Eusébio	Por isso mesmo! Ah! Seu Gouveia, se arrependimento *sarvasse*... Bem; o sinhô vai me *apadrinhá*, como noutro tempo se fazia *cum* preto fugido... Não me *astrevo* a *entrá in* casa sozinho depois de tantos dias de *osença*!
Gouveia	Em casa? Pois o senhor não me acaba de dizer lá não volta porque dona Quinota...
Eusébio	Quem *le* falou de Quinota?
Gouveia	Quem foi então que o senhor encontrou aos beijos com o pelintreca? Ah! Agora percebo! A Lola!...
Eusébio	Pois quem *havera* de *sê*?
Gouveia	E eu supus... Onde tinha a cabeça?... Perdoa, Quinota, perdoa! Vamos, senhor Eusébio... Eu apadrinharei, mas com uma condição: o senhor por sua vez me há de apadrinhar a mim, porque eu também não apareço à minha noiva há muitos dias!
Eusébio	Por quê?

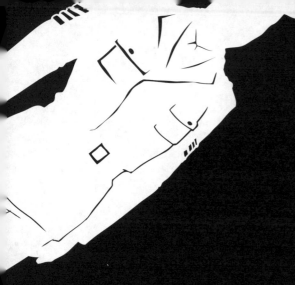

Gouveia	Em caminho tudo lhe direi. (*À parte.*) Aceito o conselho de Quinota: vou abrir--me. (*Alto.*) Tenho ainda que comprar um par de sapatos e fazer a barba.
Eusébio	*Vamo, seu Gouveia!* (*Saem. Ao mesmo tempo aparece Lourenço perseguido por Lola, Mercedes, Dolores e Blanchette.*)

Cena VIII[5] (*Lourenço, Lola, Mercedes, Dolores, Blanchette, pessoas do povo*)

Lola e os outros	Pega ladrão! (*Lourenço é agarrado por pessoas do povo e dois soldados que aparecem. Grande vozeria e confusão. Apitos. Mutação.*)

---

5. A Cena VII não estava presente em nenhuma das edições consultadas da obra. (N. da E.)

Quadro XI

(O sótão ocupado pela família, Eusébio.)

Cena I (Juquinha, depois Fortunata, depois Quinota)

Juquinha	(*Entrando a correr da esquerda.*) Mamãe! Mamãe!
Fortunata	(*Entrando da direita.*) Que é, menino?
Juquinha	Papai *tá í*!
Fortunata	*Tá í?*
Juquinha	Eu encontrei ele ali no canto e ele me disse que viesse *vê* se *vamecê tava* zangada, que se tivesse, ele não entrava.
Fortunata	Oh! Aquele *home*, aquele *home* o que merecia! Vai, vai *dizê* a ele que não *tô* zangada!
Juquinha	Seu Gouveia *tá* junto *co* ele.
Fortunata	Bem! *Venha* todos dois. (*Juca sai correndo.*) Quinota, Quinota!
A voz de Quinota	Senhora?
Fortunata	Vem cá, minha *fia*. Eu não ganho nada me consumindo. Já *tou veia*; não quero me *amofiná*. (*Entra Quinota.*) Quinota, teu pai vem aí... Mas o que está *arresolvido* está: *amenhã* de *manhã vamo* embora.
Quinota	E seu Gouveia?
Fortunata	Também vem aí.
Quinota	(*Contente.*) Ah!
Fortunata	Não quero mais *ficá* numa terra onde os *marido passa* dias e *noite* fora de casa...

Cena II (*Fortunata, Quinota, Juquinha, Eusébio, depois Gouveia*)

Juquinha (*Entrando.*) *Tá í* papai!
Eusébio (*Da porta.*) Posso *entrá*? Não *temo* briga?
Quinota Estando eu aqui, não há disso!
Fortunata Sim, minha *fia*, tu *é* o anjo da paz.
Quinota (*Tomando o pai pela mão.*) Venha cá. (*Tomando Fortunata pela mão.*) Vamos! Abracem-se!...
Fortunata (*Abraçando-o.*) Diabo de *home*, veio sem juízo!
Eusébio Foi uma maluquice que me deu! *Raie, raie*, dona Fortunata!
Fortunata Pai de *fia* casadeira!
Eusébio *Tá* bom! *Tá* bom! Juro que nunca mais! Mas deixe *le dizê*...
Fortunata Não! Não diga nada! Não se defenda! É *mió* que as *coisa fique* como *está*.

Juquinha	Seu Gouveia *tá* no *corredô*.
Quinota	Ah! (*Vai buscar Gouveia pela mão. Gouveia entra manquejando.*)
Eusébio	Assim é que o sinhô me apadrinhou?
Gouveia	Deixe-me! Estes sapatos novos fazem-me ver estrelas.
Fortunata	Seu Gouveia, *le* participo que *amenhã* de *menhã tamo* de *viage*.
Eusébio	Já conversei *co* ele.
Gouveia	(*A Quinota.*) Eu abri-me.
Eusébio	Ele vai *coa* gente. Não tem que *fazê* aqui. *Tá* na pindaíba, mas é o *memo*. Casa com Quinota e fica sendo meu sócio na fazenda.
Quinota	Ah! Papai! Quanto lhe agradeço!
Juquinha	A Benvinda *tá í*.
Todos	A Benvinda!
Fortunata	Não quero *vê* ela! Não quero *vê* ela!

(*Quinota vai buscar Benvinda, que entra a chorar, vestida como no 1º Quadro, e ajoelha-se aos pés de Fortunata.*)

Cena III (Os mesmos, Benvinda)

Benvinda	*Tô* muito arrependida! Não valeu a pena!
Fortunata	Rua, sua desavergonhada!
Eusébio	Tenha pena da mulata.
Fortunato	Rua!
Quinota	Mamãe, lembre-se de que eu mamei o mesmo leite que ela.
Fortunata	Este diabo não tem *descurpa*! Rua!
Gouveia	Não seja má, dona Fortunata. Ela também apanhou o micróbio da pândega.
Fortunata	Pois bem, mas se não se *comportá dereto*... (*Benvinda vai para junto de Juquinha.*)
Eusébio	(*Baixo à Fortunata.*) Ela há de *casá* com seu *Borge*... Eu dou o dote...
Fortunata	Mas seu *Borge*...
Eusébio	Quem não sabe é como quem não vê. (*Alto.*) A vida da *capitá* não se fez para nós... E que tem isso?... É na roça, é no campo, é no sertão, é na lavoura que *está* a vida e o progresso da nossa querida pátria. (*Mutação.*)

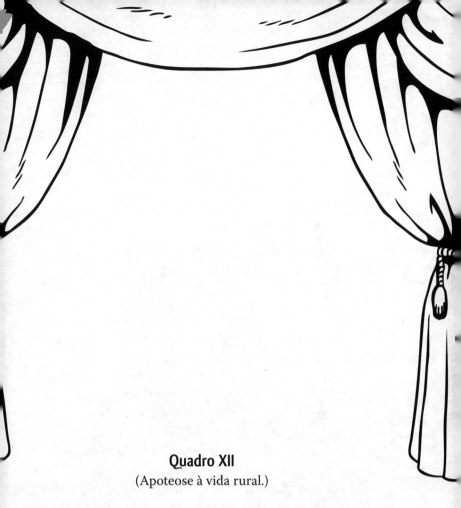

Quadro XII
(Apoteose à vida rural.)

Toda a música desta peça é composta pelo senhor Nicolino Milano, à exceção das coplas às pp. 37 e 88, do coro à p. 83, do duetino à p. 78 e do quarteto à p. 92 que foram compostas pelo senhor doutor Pacheco, e da valsa à p. 47, composição do senhor Luís Moreira.

FIM

BAGAGEM DE INFORMAÇÕES

momento histórico

Escritas na segunda metade do século XIX, entre as décadas de 1870 e 1890, as obras *Amor por anexins* e *A Capital Federal* situam-se em um período de grandes transformações no Brasil, como os avanços tecnológicos, a Lei Áurea e o conjunto de outras leis que anteciparam a abolição da escravatura. Apesar disso, eventos históricos como a transição do Império para a República ocorreram de maneira quase imperceptível para a maioria da população do Rio de Janeiro, então composta de um pequeno grupo de burgueses, um inconsistente setor médio, poucos operários, muitos trabalhadores domésticos e pessoas sem profissão definida.

Com o fim do Império, o primeiro governo republicano gerou uma situação econômica crítica, conhecida como Encilhamento. Com a justificativa de impulsionar o desenvolvimento industrial, recorreu-se à excessiva emissão monetária, que desencadeou alta inflação e uma crise nos mais diversos mercados. Paradoxal e simultaneamente, avanços tecnológicos surgiam: nesse período, o primeiro bonde elétrico entrou em funcionamento na então capital do país.

É com leveza, bom humor e acidez que o dramaturgo Artur Azevedo retrata o cotidiano carioca nesse contexto de ebulição social, tecnológica e política.

1870

O Vale do Paraíba, principal produtor de café, começa a apresentar sinais de esgotamento, impulsionando o avanço da cultura cafeeira em direção ao oeste paulista.

1880

Em 1888, a Lei Áurea extingue a escravidão no Brasil. Em 1889, Marechal Deodoro da Fonseca decreta o fim do Império por meio de um golpe militar que instaura a República.

1890

A necessidade de matéria-prima e de novos mercados levou as potências europeias a partilharem a África. As fronteiras do continente foram redefinidas na Conferência de Berlim (1884–1885).

1900

Os primeiros anos da República foram marcados por conflitos sociais e militares que culminariam na Revolução de 1930, que deu início à Era Vargas.

momento literário

Na década de 1870, quando o maranhense Artur Azevedo se mudou para o Rio de Janeiro e iniciou a carreira de jornalista e crítico literário, os ideais do Realismo já começavam a vigorar entre os intelectuais brasileiros, refletindo as mudanças políticas e sociais do início do período republicano. Na contramão da seriedade do romance naturalista, o teatro realista brasileiro optou pela comicidade, leveza, musicalidade e forma popular.

Amor por anexins surge nessa época, em que ao menos três movimentos literários coexistiam no Brasil: o Romantismo, que dava seus últimos suspiros; o Parnasianismo, na poesia; e o Realismo, que se mostrava cada vez mais forte.

Entretanto, na década de 1890, após a derrocada do Romantismo, o Realismo já perdia espaço na cena literária brasileira. Nesse contexto, o dramaturgo publica *A Capital Federal*.

Artur Azevedo é o principal nome do teatro de revista da segunda metade do século XIX e primeira metade do século XX. Nas peças *Amor por anexins* e *A Capital Federal*, o autor explora os costumes da sociedade de seu tempo, evidenciando e criticando os hábitos de uma burguesia carioca nascente.

TROVADORISMO

HUMANISMO

CLASSICISMO

BARROCO

ARCADISMO

ROMANTISMO

REALISMO

NATURALISMO

PARNASIANISMO

SIMBOLISMO

PRÉ-MODERNISMO

MODERNISMO

Pautados pelo positivismo, pelo evolucionismo e pela filosofia alemã, os ideais do Realismo aparecem no Brasil na década de 1870. Um de seus marcos iniciais é o movimento sociológico conhecido como Escola de Recife, liderado por Tobias Barreto.

A linguagem realista é objetiva, culta e direta. A narrativa é lenta e acompanha o tempo psicológico. Sob temáticas universais, os personagens são esféricos, ou seja, estruturados por seu viés psicológico.

A comédia de costumes de Artur Azevedo foi elaborada sob um olhar crítico e satírico. Observador da sociedade carioca, o autor retratou tipos populares e representantes das classes abastadas por meio de diálogos ágeis e verossímeis.

Na segunda metade do século XIX, popularizaram-se no Rio de Janeiro gêneros teatrais franceses, como o teatro de revista, a ópera-bufa e a opereta musical e recitativa.

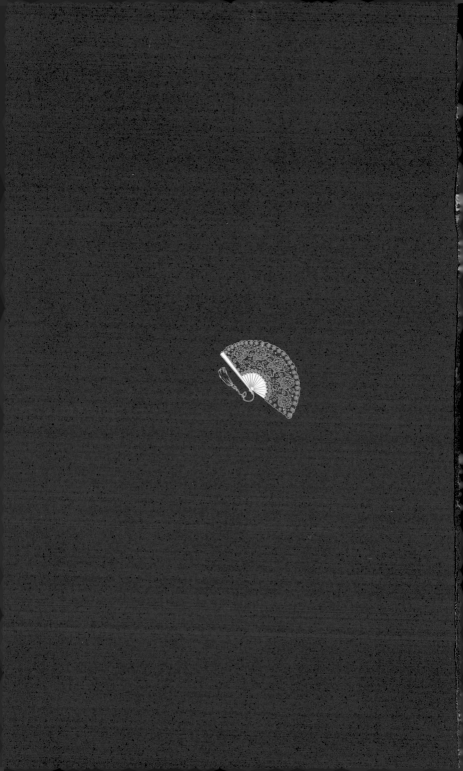